I Narratori / Feltrinelli

Titolo dell'opera originale
HIGH AND DRY (Hatsukoi) by Banana Yoshimoto

Traduzione dal giapponese di
GALA MARIA FOLLACO

Prima edizione ne "I Narratori" giugno 2011

Stampa Nuovo Istituto Italiano d'Arti Grafiche - BG

ISBN 978-88-07-01850-3

BANANA YOSHIMOTO
HIGH & DRY
PRIMO AMORE

Traduzione di Gala Maria Follaco

Feltrinelli

High & Dry. Primo amore

Avvertenza

Per la trascrizione dei nomi giapponesi è stato adottato il sistema Hepburn, secondo il quale le vocali sono pronunciate come in italiano e le consonanti come in inglese. Si noti inoltre che:

ch è un'affricata come la *c* nell'italiano *cesto*
g è sempre velare come in *gatto*
h è sempre aspirata
j è un'affricata come la *g* nell'italiano *gioco*
s è sorda come in *sasso*
sh è una fricativa come *sc* nell'italiano *scelta*
w va pronunciata come una *u* molto rapida
y è consonantica e si pronuncia come la *i* italiana.

Il segno diacritico sulle vocali ne indica l'allungamento.

Seguendo l'uso giapponese, il cognome precede sempre il nome (fa qui eccezione il nome dell'autrice).

Per il significato dei termini stranieri si rimanda al *Glossario* in fondo al volume.

Nei primi giorni dell'autunno dei miei quattordici anni, come se presagissi qualcosa, il mondo mi sembrava risplendere di un colore ben preciso.

Sarà stato il marrone brillante delle castagne e il giallo vivo del loro interno, o l'odore di legno secco dei funghi *maitake* appena tirati fuori dal sacchetto di carta, o forse il verde e il giallo della zucca, la sua pienezza. Le foglie morte color dell'oro danzavano al soffio del vento nella luce anch'essa dorata, e l'aria era satura dell'odore che sprigionavano, un odore puro, come di qualcosa che è bruciato.

Tutto sembrava tempestato di grani d'oro, molto più del normale.

Quando la pioggia spazzava via la sporcizia dalla strada, l'aria tersa si sollevava come qualcosa di appena nato, e come un essere animato si metteva a vibrare. E tutt'intorno si diffondevano il profumo dell'osmanto, quel freddo che pizzica un po' il naso, l'odore della terra bagnata. Che splendore, pensavo, sembra che il mondo intero renda omaggio all'autunno.

Attraverso tutto ciò, la bellezza che custodivo dentro di me si spingeva con forza verso il mondo.

Era una sensazione intensissima.

A quell'epoca ero sempre molto presa dalle mie riflessioni, che la maggior parte delle volte riguardavano il modo e i meccanismi in base ai quali funziona il mondo.

A causa di tutto questo riflettere, quando poi tornavo alla realtà capitava che mi trovassi davanti agli occhi cose strane.

Per esempio, una volta vidi un uomo sospeso sotto un viadotto, con un casco in testa. Vicino a lui non c'era nemmeno l'ombra di una motocicletta. Sorpresa, guardai meglio. Allora l'uomo sparì, e al suo posto c'erano dei mazzi di fiori, portati probabilmente da persone diverse, appoggiati al guardrail.

Ecco, è morto lì... mi dissi, e giunsi le mani con discrezione. Fu un pensiero spontaneo.

E così avevo imparato un'altra cosa.

Portare fiori a un morto non è una perdita di tempo. Quell'uomo stava lì apposta per reggerli. Sicuramente gli facevano bene, e gli arrivava anche il loro profumo.

Oppure, una volta che fissavo distrattamente la schiena di una compagna di classe, mi si materializzò davanti agli occhi la scena di suo padre e sua madre che litigavano. Non sapevo neanche che faccia avessero, eppure li vidi.

Mi chiesi se fosse vero e provai subito simpatia per quella ragazza, che non era nemmeno mia amica. Timidamente pensai: spero che tuo padre e tua madre facciano pace! E così lei, che non parlava quasi mai, durante la ricreazione mi fece un sorriso, e prima di tornare a casa agitò la mano e mi salutò con un "bye-bye!".

Mi domandai cosa le fosse preso. Forse le persone sono capaci di comunicare anche così, senza che dal di fuori si veda nulla.

Allora è per questo che certe volte, dopo aver incontrato qualcuno apparentemente molto allegro, sentiamo un brivido in fondo al cuore... A volte scoprivo anche cose del genere.

E così pensavo in continuazione, avevo la testa tra le nuvole, certe volte non dormivo, mi sentivo a disagio nel mio corpo, ero piena di difetti, ma mia madre non me li faceva pesare, ripeteva che in fondo ero "una ragazzina un po' eccentrica, nient'altro che un'adolescente", e alla fine sono riuscita a non farmi schiacciare dal peso di certi pensieri.

Mia madre credeva nelle cose che non si vedono e mi diceva: “Dal momento che le vedi, non sarebbe più logico stabilire che ci sono e basta?”, ma sempre a condizione che non mi complicassero la vita.

“E se anche fossero cose che vedi solo tu, che ti sei inventata, che importa? Se le vedi, tanto meglio. Se poi continui a vederle, ci penserai a tempo debito. Magari puoi essere di aiuto agli altri, e comunque è ancora troppo presto per dirlo.”

Dietro agli occhiali lo sguardo di mia madre era velato da una leggera preoccupazione, ma capii che quello che mi diceva lo pensava davvero.

Quella reazione fu la mia salvezza. Grazie a mia madre riuscii a non perdere la testa. Per strada vedevo persone quasi trasparenti, e di mattina mi sembrava di percepire nell’aria qualcosa di simile al vapore denso sprigionato dalle piante. Qualche volta, passeggiando in un parco mi è capitato anche di vedere creature assurde, pesci giganteschi e minuscole api. Allora mi bastava pensare: le sto vedendo davvero. Ma non provavo sensi di colpa né qualche strana forma di orgoglio, e questo fu un bene. Se anche solo per un istante pensavo di essere strana, gli occhi di mia madre mi guardavano da sopra gli occhiali e come due puntine da disegno mi fissavano saldamente al mio posto nel mondo.

Mia madre lavorava part-time in una libreria sopra un ristorante biologico, vicino a casa. Era un posto particolare, vendeva solo libri di psicologia, di religione e per chi vuole vivere a stretto contatto con la natura; per lei, appassionata da sempre di questi argomenti, era il lavoro ideale.

E poi mia madre, non so perché, amava il gelato più di ogni altro cibo al mondo. Ne mangiava sempre, in qualsiasi periodo dell’anno. Comprare il gelato e mangiarlo insieme sulla via di casa, quando passavo a prenderla al termine del turno in libreria, era diventata un’abitudine.

Vicino a casa c'era una gelateria molto famosa. Personaggi che compaiono sulle riviste, noti per i loro gusti ricercati in fatto di cibo, ne parlavano dicendo cose come "fanno un gelato buonissimo, ne mangio in continuazione", e in effetti era uno di quei posti che, una volta provati, mettono in ombra tutti gli altri. Chi conosceva mia madre, me compresa, pensava seriamente che se quella gelateria si fosse trasferita lei avrebbe fatto altrettanto.

Mangiare quel gelato era il solo lusso che ci concedevamo, noi due donne con pochi soldi. In quella gelateria tenevano molto alla qualità del prodotto, e sconsigliavano di portarlo a casa perché avrebbe perso l'aroma. Inoltre, a ogni stagione cambiavano anche i gusti, per cui avevamo sempre un motivo per andarci, e non ci è mai venuto a noia.

Tra l'altro lì si potevano acquistare anche alimenti biologici, compreso un olio d'oliva molto profumato. Io mi ero iscritta, con il telefono cellulare, alla newsletter della gelateria. Quando cambiavano i gusti mi arrivava subito l'informazione per e-mail. Allora chiamavo mia madre e ci davamo appuntamento. Quella cosa tanto insignificante ci teneva legate l'una all'altra saldamente, in profondità.

Sedute vicine sulla panca del locale, sceglievamo il nostro gelato e lo mangiavamo. Riuscivamo a esaurire le conversazioni importanti in quel frangente, e per il resto del tempo eravamo serene anche senza dirci un granché. Quando eravamo noi due da sole non cenavamo neanche insieme, il più delle volte ci limitavamo ad assaggiare quello che l'altra aveva preparato per sé.

Ebbene sì, la nostra da qualche tempo era diventata una specie di famiglia senza padre.

Le occasioni in cui lui era in Giappone erano ormai una rarità, più o meno come le feste tradizionali nel calendario.

Quando c'era papà ci facevamo confezionare il gelato e lo portavamo a casa in fretta, prima che lui rientrasse dal lavoro. Poi aiutavo mia madre in cucina. Allora le cene erano sempre ricchissime, un po' pesanti, e con tanta carne. Ed erano quasi sempre piatti tradizionali giapponesi, che lui non aveva mai occasione di mangiare. Sedevamo tutti e tre a tavola, parlavamo, guardavamo la televisione e trascorrevamo quei giorni di festa come si conviene a una famiglia normale.

Quando lui tornava in America ricominciavano le solite giornate di gelato e pasti frugali.

Mio padre, che da un po' di tempo mancava spesso dal Giappone, aveva un negozio di antiquariato nel quartiere in cui vivevamo.

Gli affari avevano preso ad andar bene grazie a un recente boom delle anticaglie tra i giovani.

Fino ad allora una volta l'anno era stata sufficiente, ma adesso doveva spostarsi in continuazione per andare a ritirare la merce. Non comprava solo oggetti antichi, ma anche cose come teiere carine benché non particolarmente vecchie, oppure tovaglie nuove ma di un vago gusto country; da quando si era messo a vendere tutta questa roba il suo negozio compariva sulle riviste, nei giorni festivi c'era gente che veniva a visitarlo anche da molto lontano.

La merce si vendeva, e mio padre aveva sempre più da fare.

I primi tempi il negozio era stato quasi un passatempo, adesso era diventato un'attività seria. Per questo vivevamo meglio, e alla fine del mese non si respirava più l'aria pesante delle difficoltà economiche. Lui tornava per un po' e subito ripartiva perché aveva ancora degli affari da sbrigare, e ormai passava la maggior parte del tempo in America.

Poco alla volta, laggiù riuscì a crearsi dei contatti, stabilì rapporti con determinati fornitori e prese a importare gli oggetti che più gli piacevano e che meglio si accordavano allo stile del negozio inviandoli per posta navale a un amico, suo partner nella gestione dell'attività e responsabile per il Giappone. Bastava questo lavoro a far volare un anno intero, ora che gli scambi delle merci erano così rapidi.

Mio padre ci diceva che probabilmente sarebbe dovuto andare e venire più volte prima che la situazione si stabilizzasse, ma che per il momento la cosa lo divertiva.

Naturalmente continuava a pensare alla famiglia, come aveva sempre fatto. Mandava a me e alla mamma graziosi regalini, oppure giganteschi oggetti decorativi che secondo lui potevano star bene in un certo angolo della nostra casa.

Quando apriva i pacchi, mia madre commentava con un pizzico di sarcasmo: "Mandandoci questa roba cerca di non perdere il controllo del territorio all'interno della casa. Un po' come quando un cane gira facendo pipì qua e là, hai presente?".

"Mamma, non sei triste?"

A questa mia domanda, ogni volta lei rispondeva:

"La vita è lunga, e ci sono anche momenti così".

Ma in casa da un po' di tempo c'era sempre silenzio, e l'atmosfera che si respirava era quella particolare di un posto in cui manca qualcuno che invece dovrebbe esserci.

Diversamente da mio padre, che si godeva la vita fino in fondo, noi ci accontentavamo di condurre un'esistenza priva di eventi straordinari, modesta, tranquilla. Sia io che mia madre tendevamo a dare importanza a cose più spirituali.

Poteva capitare che mio padre mi mandasse vestiti antichi molto graziosi ma che avevano l'aria di essere posseduti da un fantasma. La cosa non mi rendeva affatto felice. Li portavo al tempio vicino a casa per scacciare le influenze negative e me li tenevo così, non potendo disfarmene. Ero una ragazzina di questo tipo.

Mio padre, forse, aveva voglia di stare in pensiero all'idea che sua figlia indossasse quel vestito bordato di pizzo, un po' da bambola antica, per uscire con un ragazzo.

Ma in fondo quel lato semplice, tenero, concreto del suo carattere a me piaceva molto.

E quindi, da un po' di tempo, pregavo sempre.

Pregavo perché i miei genitori non si lasciassero mai.

Da un po' di tempo avevo iniziato a provare l'ansia sottile che, in quella situazione, potessero lasciarsi. Era una preoccupazione sempre presente da qualche parte dentro di me, una sensazione simile al brivido che percorre il corpo al contatto con l'aria gelida.

Quando questa preoccupazione mi riempiva il cuore, il sorriso di mio padre mi sembrava lontanissimo. Anche se lui era a casa.

Un velo scendeva ad annebbiarmi la coscienza, non riuscivo più a mettere a fuoco i pensieri e sentivo freddo lungo la schiena: a quel punto smettevo di pensare.

Tecnicamente non ero più una bambina, e in quei momenti provavo invidia per la me stessa degli anni dell'infanzia, quando ero al centro del mondo, mio padre e mia madre vivevano per me e la mia presenza bastava a renderli felici.

Magari era solo un'illusione, ma tra le tante del genere umano era senz'altro la più salda. Al punto che forse, da sola, sarebbe bastata per andare avanti nella vita.

Figlia unica, e cresciuta in mezzo agli adulti, non avevo amici particolarmente stretti che frequentassi oltre il tempo passato insieme a scuola o con cui uscissi di tanto in tanto; però non ero neanche il bersaglio di scherzi e prepotenze, e nemmeno me ne preoccupavo. Intorno a me c'erano sempre i figli degli amici di mio padre e di mia madre, e anche se eravamo tutti di età diversa ci incontravamo continuamente o ci scrivevamo e-mail, con il risultato che avevamo instaurato rapporti superficiali ma duraturi.

E poi c'era un posto che frequentavo ogni giorno, con grande entusiasmo: la scuola di disegno.

Ci andavo da così tanto tempo che, anche se non sapevo ancora cosa avrei voluto fare da grande, si sarebbe detto che – continuando così – avrei potuto studiare soltanto arte. Ci andavo sin dalle elementari.

Però quel tipo di lavoro non mi affascinava così tanto, intorno a me c'era sempre troppa gente che dipingeva. Studiavo disegno solo per passione. E sia mio padre sia mia madre dicevano che andava bene così.

In quella scuola ero la più grande, gli altri andavano tutti alle elementari o all'asilo. Per questo non c'era nessuno che potessi definire propriamente un amico.

Innamorarsi del maestro di disegno: niente di più banale.

Però era quel maestro la persona che mi piaceva. Si chiamava Hisakura, ma noi tutti lo chiamavamo Kyū. Aveva tra i venticinque e i trent'anni ed era un artista professionista che si guadagnava da vivere vendendo le sue opere.

Kyū insegnava in quella scuola da due anni.

L'anziano maestro che l'aveva aperta in casa sua, e che ci aveva insegnato fino ad allora, era andato in pensione e al suo posto era arrivato lui.

Pare che Kyū avesse frequentato quella scuola da piccolo e che, poiché lo aveva aiutato a sviluppare il proprio talento, avesse una gran voglia di insegnare a sua volta disegno ai bambini: per questo era tornato. Quando Kyū arrivò, l'anziano maestro ci spiegò tutto questo con grande orgoglio.

Ai metodi calmi dell'altro si sostituì un'atmosfera eccitante e ricca di stimoli. Inoltre, Kyū ci insegnò molte cose nuove.

Qualsiasi cosa disegnassimo, non ci rimproverava, né la correggeva. Questa, già da prima, era la base dell'insegnamento in quella scuola. Kyū, però, teneva in considerazione ancora maggiore la personalità di noi tutti e non cercava mai di indirizzare i nostri lavori. Se per caso qualcuno disegnava tentando di incontrare il suo gusto, o imitando le sue opere, si arrabbiava moltissimo ed era il primo a sentirsi ferito. Mentre i bambini delle elementari lo consolavano ci diceva, con la faccia di chi sta per mettersi a piangere: "Va bene tutto, va bene anche una linea dritta, ma che sia il vostro disegno. Pikachu è vietato. Anche Anpanman".

Ma se uno vuole fare quello, che male c'è?, pensavo io, e poi mi sembrava che i bambini più piccoli si divertissero a disegnarli, e così una volta gliel'avevo detto. Con il vecchio maestro potevamo.

Ma lui su quel punto era irremovibile.

Con un'espressione seria in viso aveva risposto: "So per esperienza che ogni volta che si disegna qualcosa di finto ci si allontana di un passo dal disegno. Quando si è a casa va bene qualsiasi cosa purché ci si diverta, ma qui non posso proprio concederlo. Altri magari lo ammettono, ma se vi lasciassi fare finirei per non capire più neanche le mie stesse opere: quindi, per il mio bene oltre che per il vostro, vi dico di no. Pensateci: Pikachu è sempre e solo giallo, e Doraemon è azzurro. Non c'è nessuna possibilità di metterci qualcosa di sé".

Mi aveva risposto con tanta precisione che non ebbi minimamente la sensazione che un adulto mi stesse forzando a pensarla in un certo modo. Capii che se la volontà di disegnare qualcosa era tale da farci cercare a ogni costo un modo per inserirla nel lavoro che avevamo davanti, allora Kyū avrebbe approvato. Era una vera sfida, e il divertimento stava proprio nel non essere presi sotto gamba. L'idea che un adulto si interessasse davvero ai loro lavori bastava ai bambini per essere felici, e gli faceva venire voglia di disegnare ancora.

Da Kyū ho imparato a rappresentare i miei pensieri in forma astratta. Per me, che andavo incontro a un'età delicata, in cui anima e corpo sembravano due cose distinte e separate, per me che avevo sempre la sensazione di vacillare e mille pensieri per la testa, quella divenne un'arma rassicurante.

"Se osservi bene le cose che pensi, ognuna ha un colore preciso, no? E se anche non dovesse averlo, dovresti riuscire a sostituire ogni cosa con un colore, no? Perché non provi a dipingerle così, una dopo l'altra?" disse lui come se fosse la cosa più normale del mondo.

A quelle parole, mi resi conto per la prima volta che i miei pensieri avevano un colore.

E così cominciai a dipingere a colori, concentrata mentre

trasferivo i pensieri sulla carta, e sceglievo tonalità tristi quando ero triste, ma anche tonalità allegre, perché in fondo volevo diventare un po' più allegra. Così facendo muovevo il corpo e facevo in modo che non fosse solo la testa a surriscaldarsi.

Quando poi usavo un colore che non era davvero nei miei pensieri, dicendomi per esempio: "Con un po' di color menta qui ci sarebbe più equilibrio", lui, chissà come, se ne accorgeva regolarmente. Sosteneva quasi sempre che, sebbene non fosse in grado di spiegare cos'era che non andava, quel determinato colore lo disturbava. Quando non mi scopriva, un po' mi dava fastidio, ma a un certo punto mi resi conto che quei tentativi di metterlo alla prova erano ingiusti e allora la piantai.

Kyū mi aveva insegnato che fissarsi così tanto su qualcosa non conduce necessariamente verso una strada senza uscita.

Credo che il terreno per i miei sentimenti verso Kyū si sia formato proprio così, poco alla volta.

E fu quell'autunno... il pomeriggio di un giorno come un altro.

Vicino alla finestra dell'aula di disegno c'era una pianta simile a un cactus che si chiama regina della notte. La moglie dell'anziano proprietario della scuola, una signora molto raffinata, la curava con devozione e così quella regina della notte era diventata grande e aveva un colore meraviglioso.

Subito prima che i fiori sbocciassero emanava un profumo intenso, ma fioriva solo per poche ore, e per di più di notte, quindi a me non era mai capitato di vederla fiorita. Ogni volta rientravo a casa un momento prima che fiorisse. E quando poi tornavo in classe la volta successiva capitava che, essendo fiorita durante la notte, fossero rimaste solo delle povere corolle che penzolavano tristi. Si sentiva appena un profumo dolce. Come un'acqua di colonia di poco prezzo, ma molto più penetrante.

La regina della notte aveva un aspetto a dir poco singolare, con foglie carnose come se fossero finte, e un tronco tutto proteso verso l'alto. Sembrava una scultura. La sua presenza era così forte che quel vaso era diventato il simbolo della classe: una volta l'anno la ritraevamo, dicendoci che era un peccato che non potessimo disegnarla quando era in fiore.

A casa ho non so più quanti disegni di quella pianta, eseguiti sin dai tempi delle elementari. Crescendo, la pianta ha cambiato forma a poco a poco, e anche nei miei disegni si riesce a distinguere quello che ho migliorato e quello che invece ho perduto. Per questo era divertente guardarli uno dopo l'altro. Nel disegno di tre anni prima, quando mio padre aveva cominciato a viaggiare con frequenza, la stessa regina della notte sembrava morbida, come se l'avessi tratteggiata con un tocco più lieve, quasi a cercare una consolazione. All'epoca non me n'ero neanche resa conto, e invece a lavoro finito era stato molto più chiaro.

Quel pomeriggio arrivai alla lezione in ritardo ed entrando in classe salutai Kyū. Lui fece un cenno con la testa.

Presi posto cercando di non fare rumore, tirai fuori gli strumenti da disegno e proseguii il lavoro del giorno precedente. L'aula era calda e silenziosa. Tutta intenta a disegnare, persi la cognizione del tempo. Alzai la testa per far riposare gli occhi e quando volsi distrattamente lo sguardo fuori dalla finestra successe qualcosa.

Dal fusto della regina della notte vennero fuori correndo degli omini.

Gli omini sparirono uscendo dalla finestra. Indossavano un abito verde ed erano scalzi. Avevano gli occhi rotondi.

"Ah!" dissi io a bassa voce, e quando mi guardai intorno mi accorsi che Kyū stava guardando nella stessa direzione, senza parlare ma con la faccia che diceva "ah!".

Gli altri non alzarono nemmeno la testa.

Poi tutti e due guardammo verso la finestra.

Anche fuori stava succedendo qualcosa.

Senza lasciarci il tempo di capire cosa, un luccichio abbagliante attraversò il cielo e una polvere color dell'oro prese a cadere placidamente, come neve. Nel quadrato della finestra, lieve, danzava nel vento.

"Sembra neve..."

Mormorammo queste parole nello stesso istante, e ci guardammo.

Senza dire altro.

E guardammo contemporaneamente la regina della notte ancora una volta, per assicurarci che non stesse succedendo niente.

Entrambi pensammo la stessa cosa: l'ho visto, è vero, ma sarà meglio non parlarne con nessuno. Capimmo persino di averlo pensato.

In quel momento, mentre pensavamo la stessa cosa, i suoi occhi e i miei erano uguali, come se appartenessero a un solo corpo.

Facendo finta di niente, tornammo ai rispettivi lavori. Io coloravo e lui girava per guardare i disegni di noi tutti.

Ma nei miei occhi come nei suoi era impressa l'immagine di quelle creature simili a piccole fate.

Mi batteva ancora forte il cuore, non smetteva.

E poi ebbi una strana sensazione.

Che tristezza! Sicuramente non capiterà mai più!, mi dissi.

La struttura della finestra rifletteva fredda la luce, mentre i rami degli alberi all'esterno erano marroni, come bruciati. Una luce flebile illuminava il mio posto.

Pensai che l'autunno mi sarebbe piaciuto per sempre. Era la prima volta che condividevo qualcosa con qualcun altro... e con un uomo, soprattutto. Qualcosa di importante.

Potevo credere in lui. Volevo conoscerlo meglio.

Ero davvero convinta che fuori di lì non ci fosse altro che la realtà, con il suo peso e le sue inevitabili miserie, ad attendermi.

Ma quello era un momento sfavillante, necessario alla mia

esistenza. Uno sfavillio magico, come di luce riflessa in pienezza... tutto era come doveva essere, e davanti a me avevo la risposta che cercavo da sempre. In questo mondo fatto di diversi strati e di cose impercettibili sarebbe stato possibile, per una volta, vedere la realtà com'è veramente? E all'improvviso, in un istante, la risposta mi arrivò come una benedizione.

Purtroppo non si trattava dell'illusione che lui e io fossimo uniti da qualcosa...

In un istante senza tempo, non vi era stato altro se non le nostre anime, e con gli occhi del cuore avevamo visto la stessa cosa, condiviso il medesimo spazio, tutto qui. Due esseri umani differenti erano diventati per caso uno solo, ed era stato un istante davvero meraviglioso, e straordinario.

Gli occhi mi si riempirono di lacrime... Non riuscivo a contenere l'emozione.

Sapevo soltanto che dovevo fare qualcosa, qualsiasi cosa, perché diventasse un pezzo della mia vita. Era un pensiero egoista, urgente, ma non riuscivo a scacciarlo. Avevo la sensazione che, se non avessi agito il prima possibile, sarebbe accaduto l'irreparabile.

"Ehm... Vorrei che ci conoscessimo meglio. È possibile diventare un po' più intimi?"

Quando alla fine della lezione successiva feci questa richiesta a Kyū, lui non ne fu molto sorpreso. Sembrava quasi che fosse deciso a non sorprendersi mai di niente, e trovai carino anche questo.

"Eh, no. Mi dispiace, ma non posso diventare il ragazzo di una bambina delle elementari," disse.

"Guardi che forse sono un po' bassa, però vado alle medie," dissi io, arrossendo.

"Sì, Yūko. Però se cominciassi a uscire con te mi licenzierebbero dalla scuola di disegno."

"Ma perché mi dice queste cose? Sono i suoi sentimenti

che voglio conoscere, maestro. Sto troppo male, non ce la faccio più. Voglio solo sapere se quello che penso è frutto della mia immaginazione oppure no."

A quel punto Kyū assunse un'espressione di disagio, quasi come se si sentisse in colpa. Poi disse:

"L'ultima volta, quando si è vista quella specie di luce, ed eravamo solo noi due, effettivamente ho sentito qualcosa... Per un momento, ai miei occhi, eri come una donna di ventiquattro anni. E poi ho avuto una strana sensazione, come se fossimo seduti insieme davanti a un camino. Rientrato a casa, ho persino cercato di trasformare quell'idea in un disegno. Mi dispiace. È questo che provo davvero. Sembra proprio che non possa nasconderti niente".

"Sono contenta. È esattamente quello che pensavo anch'io."

Mi cadde una lacrima.

"A me il disegno piace moltissimo. Però posso disegnare anche da sola, e quindi ho deciso che non verrò più a scuola. Così, se le va, potremmo rivederci. Mi chiami ogni volta che vuole."

E gli diedi il mio numero di cellulare.

Lo prese senza dire una parola, con la faccia di chi ha mandato giù qualcosa di forte.

Rimasi a fissare quel pezzo di carta bianca mentre spariva nel palmo della sua mano.

In realtà non avevo nessuna voglia di lasciare la scuola.

Mi piaceva stare in quella stanza, a disegnare tutti insieme, zitti. Mi piaceva la sensazione di pienezza trasmessa da quel silenzio, come di un frutto delizioso, o il fatto che, quando ogni tanto ci si scambiava qualche parola, gli altri ragazzi apparissero d'improvviso così vicini. Tutto questo mi piaceva.

Ormai però le cose erano cambiate, e avevo deciso di lasciare. L'ultimo giorno fissai il fusto della regina della notte con la massima attenzione, ma non ne uscì nulla. Evidentemente i miracoli succedono una volta sola, pensai, quando uno non se lo aspetta. Ma quegli omini dovevano esserci per forza. Sempre.

Il mondo è come un palloncino pieno di cose che non si vedono.

Per questo voglio aprire il mio cuore a tutto, e non soltanto agli esseri umani.

Questa sensazione si fece strada dentro di me, con decisione. Se mi apro, nel corso della vita assisterò sicuramente a tanti miracoli. Al solo pensiero, il cuore mi balzò in gola.

La specialità di quella stagione era il gelato al gusto di *litchi*.

Io e la mamma ci dicevamo: "Questo c'è solo in questa stagione" e ogni giorno ne mangiavamo fino alla nausea, qualche volta insieme al cioccolato o all'uvetta aromatizzata al rum, e chiacchieravamo tra noi. Ma di Kyū non le dissi niente. Finora, ogni volta che mi era piaciuto un ragazzo le avevo parlato apertamente dei miei sentimenti, e lei mi aveva sempre ascoltato con piacere. Non le avevo mai taciuto una cosa del genere.

Io stessa non avrei saputo spiegare cosa ci fosse di diverso, quella volta. Probabilmente sentivo che non era opportuno parlarne.

"Perché hai lasciato la scuola di disegno? Hai litigato con qualcuno?"

Mi domandò mia madre quel giorno, all'improvviso, mentre leccava il gelato al *litchi*.

"Più o meno. L'aria si era fatta un po' pesante."

Mentre parlavo, senza che me ne rendessi conto mi cadde una lacrima.

Non sapevo che quando ci si innamora di qualcuno si versano così tante lacrime, un po' per la tristezza e un po' per la felicità. Vedendomi piangere, mia madre si trattenne dal chiedermi di più.

Naturalmente lui non mi aveva chiamato.

Ogni sera andavo a dormire senza spegnere il cellulare. La mattina seguente vedevo che non c'erano state chiamate e mi rattristavo. L'umore si faceva nero, e cominciava un'altra giornata di attesa. Attesa di qualcosa che non arrivava mai. Nelle giornate di attesa, fuori dalla finestra è sempre buio. E qualsiasi cosa si faccia, si è sempre scontenti.

Avevo perduto sia il mio primo amore che il disegno. Avrei potuto cercare un'altra scuola, ma al momento non ne avevo voglia.

Quando arrivavano il martedì e il venerdì pensavo che in quel momento, a scuola, tutti stavano disegnando, scambiandosi gli strumenti, lavando le tavolozze... Che se vi fossi andata, avrei trovato Kyū che come al solito camminava in mezzo alla stanza. Con gli occhi ben aperti, assicurandosi che nessuno disegnasse mentendo a se stesso, girava con passo silenzioso, facendo attenzione a non disturbare.

Al solo pensiero mi veniva da piangere. Mi sembrava di aver perso la cosa a cui tenevo di più nella vita e di essermi ritrovata improvvisamente da sola. Avevo la sensazione di aver commesso un errore gigantesco.

"Ho avuto un piccolo problema. Ma non appena mi sarà passata penso di riprendere, mi piace disegnare." Quando Kyū avesse smesso di insegnare, o quando avessi completamente messo da parte i miei sentimenti.

"Ho capito... be', sì. Se ti piace puoi riprendere in qualsiasi momento. Quando te la senti parliamone. Se vuoi raccontarmi cos'è successo, ti ascolto."

La mamma mi guardò con gli occhi che sembravano dire: "Non ti chiederò più niente, ma non mi lascerò sfuggire nessun segnale che hai voglia di parlarne" e così facendo mi stregò con il suo potere di genitore.

Io chiamavo "potere di genitore" quel processo che mi portava sempre a dire esattamente quello che mia madre voleva sapere. Fin quando sarò sua figlia non riuscirò mai a sottrarmi del tutto a questo potere, ne sono sicura.

Mia madre esprimeva ciò che provava sempre con discrezione e candore. Non si mostrava mai troppo in ansia, e lasciava spazio. Lo faceva anche con mio padre, non solo con me, perché era nella sua natura.

In quei momenti, eravamo come due compagne di scuola che mangiano il gelato sulla via di casa, con una sensazione di familiarità diversa, per esempio, rispetto a quella che avevo con Kyū.

Pensavo persino che, dal punto di vista dello spirito, non dovevamo essere poi tanto diverse. Ruolo e differenza di età non c'entravano.

In una famiglia di sole tre persone i ruoli sono presto definiti, e molte volte capitava che fossi io a offrire consigli spassionati a mia madre. Se quando lo chiamavamo al telefono papà non rispondeva, lei finiva per prenderla sul personale e rinunciare, e allora io, facendo la parte della bambina, le dicevo: "Richiamiamolo fra un'oretta, voglio parlargli!".

Ma per il resto la realtà viene sempre inesorabilmente a galla. Io non ero che una quattordicenne infatuata del maestro di disegno, lei era mia madre, come dimostravano la sua età e il suo aspetto... Così, come una corrente che si porta via ogni cosa, ridimensionava il mondo delle mie emozioni.

Ci pensavo ogni giorno, e probabilmente era stato nell'istante in cui avevo avuto la sensazione di vedere qualcosa di più grande, all'improvviso, che mi ero innamorata.

Due settimane dopo, alle dieci di sera, mentre ero in veranda a ritirare il bucato, mi arrivò una telefonata. Me ne accorsi perché vidi il cellulare illuminarsi nella mia stanza, oltre la vetrata. Mi ero ormai messa l'animo in pace e andai a prendere il telefono meccanicamente.

"Pronto, sono Hisakura."

"È Iizuka Yūko che parla."

Emozionata, versai una lacrima.

Nei manuali di auto-aiuto si legge spesso che quando piangiamo per l'emozione non ci curiamo di chi sta di fronte a noi, ma nel mio caso era giusto che fosse così. Non era per lui che piangevo, ma per tutto il tempo che avevo aspettato. Ormai era diventato una cosa a se stante, indipendente anche da me.

"È per quello che mi hai detto l'altra volta. Ho pensato che vorrei parlare un po' con te, senza pensare troppo."

"Ormai ho lasciato la scuola, quindi possiamo."

"Quand'è che ci vediamo?"

"Quando vuoi. Anche domani. O dopodomani."

"Allora dopodomani. Prendiamo qualcosa nel vecchio caffè all'uscita nord della stazione, ti va?"

"Ah, quello gestito da quella vecchia coppia?"

"Esatto. Quel locale che è tutt'uno con le piante."

"Va bene."

"Alle tre di pomeriggio? È sabato."

"Perfetto."

"A presto, allora. Buonanotte."

"A presto, buonanotte."

Riattaccai e finii di ritirare il bucato. Ma, diversamente da prima, non avevo nessuna voglia di starmene a piegare la biancheria. Mi interessava solo seguire la luce nel mio cuore, che aveva preso una svolta inaspettata.

Pensavo che, eccitata com'ero, se avessi sollevato lo sguardo avrei visto come minimo un disco volante, e invece non vidi nulla, mentre le stelle brillavano e soffiava un vento gradevole, e nient'altro.

Il fatto che mi sentissi così leggera mi fece capire quanto avessi aspettato quella telefonata. Fu come se avessi posato a terra una valigia pesante, o se davanti ai miei occhi si fosse aperta una porta.

Seduti a uno dei tavolini di quel vecchio e affollato caffè, ci trovammo per la prima volta uno di fronte all'altra.

Incontrandoci così, nella vita di ogni giorno, tra lui, un uomo fatto, e me, che ero solo una bambina, si frapponeva una realtà inamovibile.

Io non ero nemmeno mai entrata da sola in un posto come quello.

"Che sapore ha il *blend*? Non c'è del caffellatte?"

Kyū spiegava con gentilezza a me, che gli facevo tante domande, un sacco di cose. "Ti piacciono i sapori aciduli? Lo vuoi amaro? Lo preferisci leggero?" mi domandò, e poi cercò un caffè che soddisfacesse pienamente la mia richiesta: "Mi piace amaro e corposo, con dentro il latte". Effettivamente aveva il sapore che piaceva a me, e pensai: e così sono riuscita a farmi piacere il caffè. Kyū era bravo a far emergere il gusto delle persone senza cercare di imporre il proprio. Era la stessa cosa che percepivo durante le ore di disegno.

"Kyū, in questo periodo hai una ragazza? Una particolarmente importante, al punto che vederti con me potrebbe crearti dei fastidi?"

"C'è una persona a cui piaccio molto, e una che mi piace molto. Entrambe sono relazioni che non posso interrompere facilmente, e anche per questo, forse, al momento non convivo con nessuna. Per quanto mi riguarda, non c'è nessuna che potrei definire la mia fidanzata."

"Allora non è un problema se ci vediamo di nuovo."

Avevo una specie di principio per cui non volevo fare niente che potesse creare fastidio ad altri. Me lo aveva trasmesso mia madre, che ci teneva molto.

Kyū rise.

"Va bene. Se possibile, non chiedermi mai cose come 'ma noi due stiamo insieme?'. L'idea che tu e io ci vediamo da soli mi procura agitazione."

"Prometto che non te lo chiederò mai. Però bisogna ammettere che c'è qualcosa di curioso tra noi. Non so perché io voglia starti accanto, né perché gli dèi ci abbiano fatto assistere a quella scena."

"Effettivamente sembrava un dipinto religioso messicano, non trovi?"

Quando Kyū parlò così capii che avevamo visto tutto nello stesso modo. In quel momento, i colori del mondo intorno a noi si fecero più intensi, permeati di una strana luce.

E la sua naturalezza fu per me una conferma. Se non aveva alcuna voglia di baciarmi o di stringermi a sé, la ragione era puramente anagrafica. Per lui era così scontato che alla fine si decise a incontrarmi. Quando me ne resi conto fui in parte delusa e in parte sollevata.

Sapevo soltanto una cosa, e cioè che il tempo continuava a scorrere, consumando quell'istante fino a ridurlo in macerie.

Ciononostante, sia io che Kyū eravamo un po' imbarazzati. Cosa sarebbe successo, adesso... Fino a quando c'era stato il disegno, tra noi, andava ancora bene. Forse l'unica possibilità era incontrarsi non così di frequente, magari una volta nell'arco di qualche mese, e conoscerci a poco a poco; in fondo io ero ancora giovane (troppo giovane), e non ci sarebbe stato altro da fare. Del resto non era neanche il caso di stare a guardare quegli omini tutto il tempo. Se lo avessimo fatto quell'altro mondo avrebbe acquistato consistenza, e vivere nel mondo vero sarebbe diventato sempre più complicato... Pensavo tutto questo, un po' delusa dalla banalità e dal peso della realtà. Fuori dalla finestra una Pyracantha, con i suoi frutti vermigli e fitti, sembrava illuminata. Durante tutto l'inverno, dalla finestra del locale si vedeva quel rosso. Fu la cosa che mi colpì di più. E oltre la pianta, il cielo azzurro.

Osservai il contrasto tra i colori, e mi sembrò come un dipinto.

Ma, una volta disegnato, dovrebbe apparire anche più vero del paesaggio al di là del davanzale, o non avrebbe alcun senso.

Disegnare vuol dire trasmettere questa emozione, la sensazione che quel rosso bagnato dalla luce e l'azzurro trasparente siano qualcosa di vivo. Capii così che è un lavoro difficile. Perché a me piace guardare, e mi piace ciò che è sul punto di svanire. E così ogni forma di attaccamento alla scuola di disegno sparì di colpo.

In ogni caso, avevo solo quattordici anni e potevo permettermi di pensare con calma a cosa andavo incontro. In questo senso, Kyū era una presenza importantissima. L'unica cosa di cui fossi sicura.

Kyū disse: "Sto andando a vedere dei piattini in un negozio di antiquariato da queste parti, vuoi venire?".

"Sì! Dei piattini da usare in cucina?"

"No. Vado a vedere se ne trovo qualcuno economico con un bel decoro, vorrei usare dei cocci per un quadro."

"Se la fantasia non dev'essere necessariamente giapponese, ce ne sono anche nel negozio di mio padre."

"Cercavo una fantasia giapponese, ma se sono piatti va bene qualsiasi cosa. Tuo padre ha un negozio di antiquariato?"

"Sì. Mia madre invece lavora in una libreria che vende solo libri strani, sopra un ristorante di cucina biologica. Sono una coppia completamente inserita nel quartiere. Però non ti preoccupare, perché mio padre non è in negozio. È in America per un campionario."

"In quale parte dell'America?"

"Adesso è in Florida, mi ha detto."

"Ma pensa... mi ero convinto che non avessi un papà, e invece..."

"Perché ti eri convinto di questo?"

"Guardando i tuoi disegni, senza un motivo particolare."

Ma allora dai disegni si capisce... pensai con malinconia. I disegni raccontavano quello che provavo quando mio padre non c'era. Naturalmente dipende anche da chi li guarda. "In effetti, adesso devo avere tutta l'aria di una ragazzina senza papà," mi dissi. Era davvero così, in fondo?

Nel negozio di papà, come sempre, c'era un suo caro amico.

"Ah! Yūko si è portata il fidanzato!" scherzò. "Guarda che lo dico a tuo padre!"

Era uno di quelli che portano bandana e jeans costosi, per moglie aveva un'ex modella americana e beveva solo

Budweiser. Però era anche buono di cuore ed estremamente brillante, come tutte le persone che in gioventù si sono divertite da matti. Quando mio padre era via, vedere lui mi rassicurava.

Dissi a Kyū: "Non devi comprare per forza, non farti scrupoli, mi raccomando".

Poi mi misi a guardare le biglie e i pizzi antichi che piacevano a me, mentre lui era tutto intento a scegliere sottopentola di latta, scampoli di vecchie trapunte e perline di vetro africane. Mi dissi che avevo fatto bene a portarlo lì. Che bello se quella giornata assieme a me fosse entrata in una delle sue opere, come in un diario...

E se così, dopo chissà quanti anni, avessimo potuto riportare alla mente tutte quelle emozioni, allora saremmo andati molto vicino al mio ideale di vita.

Chiesi all'amico di mio padre se aveva sue notizie.

Mi rispose: "Penso che non riuscirà a tornare entro la fine dell'anno, ma ha detto che vorrebbe essere qui dopo Capodanno".

"Quindi sarà un altro Capodanno senza papà... uff, ma così il pranzo della mamma sarà sempre meno sostanzioso."

Feci attenzione a non dire che la cosa mi rattristava.

"Però ha detto che cercherà di venire prima della fine di gennaio, vuole mangiare lo *ozōni.*"

"Per il *mochi* quindi, non per vedere me."

"Ma è per imbarazzo che non lo dice! I sentimenti degli uomini della nostra generazione nei confronti delle figlie della tua età sono complicati. Cerchiamo di non interferire per non sembrare ridicoli, ma allo stesso tempo sappiamo quanto i maschi possano essere mascalzoni con le femmine, perché anche noi ci siamo divertiti un bel po', e quindi finiamo per diventare gelosi. Cerca di essere comprensiva! Mah, in ogni caso lui con le ragazze non ha mai avuto successo quanto me."

Si mise a ridere, e anch'io ritrovai un po' di buonumore.

In momenti come questo sapeva farmi tornare allegra, però a volte era totalmente privo di tatto e mi diceva cose del tipo:

"In California ha bevuto troppo vino e si è preso una tale sbornia che non riesce neanche a stare in piedi!", oppure: "Ha fatto amicizia con i proprietari di un locale e si è trasferito da loro per un po', lasciando l'albergo. Ogni giorno va a fare trekking in un parco nazionale!".

Nel sentirgli dire così provavo una stretta allo stomaco, percepivo in modo perfettamente realistico l'esistenza di mio padre come quella di un uomo che vive soltanto per sé, come se non avesse una moglie e una figlia. Non era gelosia, era una sensazione più sottile. Insomma, per farla breve mi sentivo messa da parte.

Gli rispondevo "beato lui!" oppure "ma dai, sul serio?" però avvertivo un dolore al petto. Per dimenticarmene mi bastava vedere, sulla via di casa, le anatre che svolazzavano tra il fiume e il cielo della sera, eppure l'immagine di mio padre felice anche senza di noi restava sempre, tenace, in fondo al cuore.

Sulla via del ritorno dal negozio capitò una cosa.

Avevamo superato il fiume e attraversavamo a piedi la zona residenziale diretti verso la stazione.

Io e Kyū camminavamo parlando normalmente del più e del meno, quando all'improvviso avemmo un presentimento e tacemmo entrambi. Era come se davanti a noi stesse succedendo qualcosa di straordinario. Ai piedi di un albero che si trovava in un parcheggio brillava una luce misteriosa e scintillante... anzi, abbagliante, o bruciante. Una luce così. Di quelle che non si sono mai viste prima, un po' come quando Kaguyahime entra nel bambù.

Vi furono un'intensa emissione di energia e uno scoppio.

Io e Kyū ci guardammo e procedemmo verso l'albero. Lì vicino giaceva un gatto randagio.

Dissi: "Lo portiamo da un veterinario?".

Kyū rispose: "Penso che ormai non ci sia più niente da fare per lui".

Il gatto aveva le pupille dilatate, il petto si sollevava spasmodicamente e respirava con affanno. Ciononostante, tutto il suo corpo sembrava avvolto da una forza e da una luce misteriose, proprio come se fosse cascato fin quaggiù da qualche mondo lontanissimo.

Volevamo dargli almeno da bere, e così ci avviammo a prendere dell'acqua, quando d'improvviso, come se si fosse spenta la luce, tutto intorno a noi ritornò come prima, e il cielo si scurì leggermente.

"Ah! Si è spenta la luce della vita."

Kyū lo disse con lo sguardo acuto dell'osservatore.

Il gatto era morto, e immobile. Delle mosche arrivate chissà da dove si affollarono in un istante intorno al suo corpo.

Frugai nella borsa in cerca di una salvietta e coprii l'animale in silenzio. Con quel gesto ebbi l'impressione di macchiare la morte fiera del gatto, ma era anche l'unica forma in cui io, in qualità di rappresentante del genere umano capitato lì per caso, potessi esprimere il mio rispetto.

Dissi a Kyū: "È incredibile... il momento della morte è davvero intenso e vivace, proprio come quando si nasce. È la prima volta che mi capita di vedere con i miei occhi cosa succede nell'istante in cui un'anima si separa dal corpo".

Sentivo qualcosa di solenne. Il gatto, incrociato per caso, ci aveva reso partecipi di un momento che non si sarebbe ripetuto mai più.

"A dire il vero anche per me è la prima volta. Quando ho soccorso mio padre era già morto... lo sfavillio, l'energia emanata, tutta quella forza... Pensavo che la vita svanisse in modo più lieve, spegnendosi poco alla volta."

"Se è così allora non fa poi tanta paura, non credi? E anche per i nostri cari, forse è meno doloroso di quanto si pensi."

Istintivamente strinsi la mano di Kyū.

"Sì, l'ho pensato anch'io. Persino la morte di mio padre mi sembra più accettabile, adesso."

Per terra, la mia salvietta a fiori si riempiva della forma del gatto, ed era l'immagine del tempo che scorre.

Kyū disse: "Sembra proprio che ogni volta che siamo insieme si verifichino cose strane".
"Forse siamo attratti dalle cose strane."
"O forse noi due insieme piacciamo alle cose strane, e quindi ci chiamano."
Annuimmo, emozionati. La mano di Kyū era secca e calda.

"Hai un ragazzo molto più grande di te, vero?"
Disse la mamma, fissandomi con attenzione.
Da quando avevo saputo che il cibo preferito di Kyū era il gelato e, come se non bastasse, quello della gelateria dove andava sempre mia madre, mi ero detta che questo momento prima o poi sarebbe arrivato, ma non potevo immaginare che mia madre andasse a mangiare il gelato anche durante la pausa del tè pomeridiano, e la cosa mi aveva un po' sorpreso. E così la mamma, facendo finta di niente, ogni sera lo prendeva anche con me: praticamente il gelato era la base della sua alimentazione, le piaceva davvero tanto... per lei, che non beveva e non fumava, doveva essere l'unico piacere. In quella situazione avrei dovuto provare agitazione, e invece pensavo distrattamente a tutte queste cose.
"Ti presento il mio maestro di disegno, Hisakura."
Kyū si alzò mentre mangiava il gelato e la salutò.
La mamma assunse un'espressione che sembrava dire: "Ah, ecco. E con questo è tutto chiaro". Poi ordinò del gelato al latte, come noi.
C'era un silenzio imbarazzante. A me il gelato non piaceva poi così tanto, e mentre li guardavo mi sembrava di non riuscire più a distinguere i sapori. Quei due muovevano il cucchiaino come se volessero trovare rifugio nel gelato.
"Con che intenzioni vi state frequentando?"
Lo disse a bassa voce, per non farsi sentire dal gestore del locale. E come se niente fosse.
"Io..." feci, ma lei mi interruppe.
"Con te posso parlare quanto voglio a casa."

In effetti era così, ineccepibile.

"Be', la mia età mentale è simile a quella di Yūko, e quindi non saprei dire che intenzioni io abbia."

Kyū sembrava davvero uno scolaro delle elementari, mentre lo diceva.

Mia madre gli si rivolse con un'espressione seria in viso: "Però non posso permettere che diventiate troppo intimi".

"Anch'io, poiché non vivo fuori dal mondo, non mi prenderei mai delle libertà con una mia ex allieva della scuola di disegno. Ma c'è una parte di Yūko che mi piace, ed è inequivocabile."

A quel punto Kyū si interruppe come per cercare le parole giuste, e io arrossii.

"Per sapere come andrà a finire, possiamo solo aspettare. Questo è ciò che provo, in tutta onestà. In ogni caso, io non sono uno che si affeziona così rapidamente. Come tutti i maschi, una volta che bacio qualcuno finisco per pensare a cosa verrà dopo. Per questo motivo, adesso la sto frequentando con l'idea che non ci sarà nulla di simile. Ho paura di perdere il senso della misura. Inoltre, il modo di pensare di Yūko mi regala spunti preziosi per il mio lavoro. Per me è molto bello, e quindi voglio stare con lei. Per ora non ho interesse per il suo viso o per il suo corpo, ma mi piace quel modo libero di pensare, che viene direttamente da dentro, e l'aria che le dà."

Il discorso di Kyū era stato così sincero che la mamma, sebbene facesse finta di niente e lo osservasse con severità, in realtà ne era stata profondamente colpita, lo avevo capito. E io, come una stupida, pensai: sono felice di essermi innamorata di una persona così. Non so come la si potesse vedere dall'esterno, e forse, venendo a mancare la trepidazione legata al momento in cui "si va al sodo", i più sarebbero potuti restare delusi, ma per quanto mi riguardava era un modo di agire impeccabile.

"Be', anche così non è che io possa dire 'sono perfettamente d'accordo'."

Disse mia madre.

Si incalzavano a vicenda, e pian piano acquistavano confidenza.

Non potei fare a meno di pensare a quanto fossi protetta.

"Siamo amici. Su cosa non sia accettabile, in questo, rifletteremo sia io che lei."

Disse Kyū.

La mamma annuì.

"Allora, mamma, a stasera."

Dissi io.

"Torna presto. Non fuggite insieme, mi raccomando."

Mia madre accennò un sorriso, e io mi tranquillizzai.

"Beata te che hai una mamma così simpatica."

Disse Kyū, con un viso che ricordava proprio quello di un bambino. Aveva un'espressione infantile, che lasciava immaginare molto bene come doveva essere stato quando andava alle elementari.

"Be', sì. Però in fondo credo che sia una mamma normale. Del tutto normale. Così tanto da sembrare speciale."

Dissi.

Ma fui felice che si fosse accorto della bontà di mia madre, quella bontà profonda, nascosta, che a prima vista non si percepiva affatto.

Mi sono sentita dire molte volte, dai compagni di classe o da altri coetanei, che ero fortunata a vivere in una casa come la mia.

"Dà una sensazione di libertà. I tuoi genitori ti capiscono e sono un po' come amici, fanno lavori interessanti, ti lasciano fare anche le cose più strane... tutto il contrario di casa mia."

Questo me lo disse Murakami, una compagna di scuola con cui l'anno prima avevo legato in modo particolare.

Nello sguardo di Murakami c'era l'ombra di qualcosa di

simile all'invidia per uno stile di vita non convenzionale. Era più o meno quello che alcuni adulti vicini ai miei genitori provavano per loro. Se di mio padre e mia madre si guardavano solo gli aspetti positivi, se si escludevano gli alti e bassi nel lavoro e nell'umore, le liti continue, il fatto che, pur avendo avuto una figlia, non fossero mai diventati genitori fino in fondo, erano il massimo.

Ma se si erano sottratti a una parte di difficoltà, ciò non vuol dire che non ne avessero incontrate per niente. Le cose che per loro contavano erano sotto gli occhi di tutti, e per questo davano l'impressione di vivere una vita estremamente interessante. Chi viaggiava, chi non faceva altro che mangiare gelato. Apparentemente non c'erano adulti, a casa mia. Ma non era così; semplicemente, la strada verso l'età adulta che avevano scelto era insolita. Da sempre osservavo dal basso quanto avevano sacrificato di importante, stabile e umano, e capivo perfettamente la difficoltà, il dubbio continuo, una volta rinunciato a tutto ciò.

"Sì, si sta abbastanza bene. Succede un po' di tutto, ma nel complesso si sta bene."

Assunsi di proposito un'espressione vagamente cupa, così da scoraggiare altre domande, e misi fine alla conversazione.

Ma c'erano davvero tante cose che non potevo dire. Sin da bambina avevo imparato che non esiste famiglia che non abbia qualche problema. Tra simili ci s'intende, e in effetti tra gli adulti amici dei miei, persone che conducevano un'esistenza libera, non inquadrata negli schemi della società, erano molte le famiglie afflitte da numerose preoccupazioni.

Fermo restando che non si può sapere cosa succeda nelle altre case, da me capitava per esempio che quando la mamma era particolarmente presa da un libro, oppure depressa per qualche motivo, si dimenticasse persino di cucinare, di accendere la luce o di fare le pulizie. Perdeva anche il sorriso. E c'erano giornate in cui addirittura non si cambiava d'abito né faceva il bagno.

È successo di recente, quando ha riletto l'intera saga del

Signore degli anelli in occasione dell'uscita del film. Ormai io sono abbastanza grande, perfettamente in grado di cucinare e mangiare per conto mio, preparare l'acqua per il bagno e lavarmi, andare a letto e alzarmi agli orari che voglio, ma quando ero bambina era molto più complicato.

Anche ora, quando la mamma entra in modalità "assenza", mi prende un senso di instabilità.

Da piccola, nei periodi in cui stava così, ordinavamo ogni giorno i pasti a domicilio. A me la cosa non dispiaceva affatto, però ero solo una bambina, e mi sembrava che nella sua testa lei stesse viaggiando in qualche luogo lontano. Qualsiasi cosa le si dicesse era completamente assente, e se le andavo vicino non mi prestava la minima attenzione, sebbene il calore della sua pelle fosse lo stesso di sempre: questa cosa mi dava il terrore. Mi capitava persino di aspettare tutta sola che venisse a prendermi all'asilo fino a quando la maestra riusciva a mettersi in contatto con lei, oppure di saltare la scuola perché lei non si era alzata e di conseguenza nemmeno io.

Forse la mamma di Murakami, a differenza della mia, era una mamma a tempo pieno prima ancora che una persona, e non le succedeva mai di non preparare la cena, di dormire quattordici ore di fila o di dimenticarsi completamente di accompagnare e andare a prendere sua figlia a scuola. Di sicuro si mostrava sorridente anche nelle giornate tristi, e se incrociava lo sguardo con Murakami quasi mai dava un'impressione di vuoto assoluto, come se in realtà non si trovasse lì.

Proprio perché mia madre era fatta così, mio padre non si sentiva limitato in niente, e questo era il bello della mia famiglia, lo sapevo bene. Però all'epoca ne soffrivo.

Mi dicevo che sarebbe stato bello se qualcuno avesse preparato da mangiare sempre alla stessa ora. Adoravo il divertimento che davano cose come "andare tutti insieme in un *family restaurant* alle due del mattino perché papà si è svegliato per il jet lag", ma mi sarebbe piaciuto anche avere una mamma che mi tenesse costantemente d'occhio, che stesse sempre a casa e per la quale occuparsi di me fosse la cosa più importante.

Non avevo niente di tutto questo, e alcune volte lo desideravo alla follia.

Se qualcuno, come se niente fosse, mi diceva che invidiava la mia libertà, mi passava la voglia di continuare a parlarne.

Ma nel caso di Kyū si era trattato di una sensazione molto più precisa. Non capivo cosa ci fosse di diverso, né se il motivo per cui non mi aveva contrariato fosse semplicemente il fatto che Kyū mi piaceva, e quindi non avevo pensato, come al solito: non capisci quello che provo! Però avevo come l'impressione che prima di parlare si fosse immaginato anche gli aspetti negativi di mia madre.

"La tua che tipo di madre è?"

Gli domandai.

"La mia era una famiglia del tutto normale, se si esclude l'attività che gestivano. Mio padre aveva un caffè con galleria d'arte proprio in questa zona e vendeva le sculture in legno di mia madre. Ah, il mio attuale studio è quello che prima utilizzava lei. Io sono il tipo che va in confusione quando fa tutto nello stesso posto, e quindi vivo in una casa in affitto da un'altra parte. Mia madre, invece, è la classica persona che quando le viene sonno le passa la voglia di fare qualsiasi cosa e non riesce più a concentrarsi. E così, ogni volta che era totalmente occupata con un'opera, si trasferiva nello studio e con mio padre vivevano quasi come due separati. Per questo ho la sensazione di capire a pelle come funzionano le cose in casa tua, Yūko. Non è che i miei genitori non andassero d'accordo, anzi, però nella nostra famiglia ci si incontrava solo nel fine settimana. Direi che mia madre è una persona a cui piace stare da sola, e che anche se è con altri è sempre tutta presa da tante cose."

"Quindi ti succede di essere molto triste?"

Chiesi io, pensando che in questo fosse uguale a me. Kyū mi rispose sorridendo.

"Non mi è mai successo. Mia madre è molto allegra, e con

lei le persone non diventano tristi. È anche vero che quand'ero piccolo forse era più difficile, ma adesso me ne sono dimenticato."

"Per chi nasce in famiglie particolari è così, non è vero? Quando si è piccoli è il momento più difficile."

Kyū annuì.

"A mano a mano che diventavo grande, nei periodi in cui vivevamo insieme non ci rivolgevamo nemmeno la parola, e ognuno era quasi sempre immerso nel proprio lavoro. Forse per questo non ci sono mai stati contrasti."

"Anche allora lavoravi come adesso?"

Le sue opere avevano uno stile ben definito, ma erano molto particolari.

C'erano pezzi piani su cui applicava immagini con forgiature in metallo, frammenti di cianfrusaglie dipinti con colori diversi, quadri luccicanti composti di vari pezzi, come un mosaico.

Sembravano un po' motivi messicani, un po' tappi a corona schiacciati da un bambino e poi saldati insieme. E poi somigliavano vagamente anche a quelle trapunte americane che si vendevano così tanto nel negozio di mio padre.

Avevano il colore del bronzo, dell'oro o dell'argento, con in mezzo sfumature accese, e da lontano apparivano tridimensionali anche se erano piatte... Guardandole si percepiva un'ombra di follia, e proprio non ci si riusciva a fare un'idea di quello che era passato per la testa all'autore. I soggetti sembravano sempre non appartenere a questo mondo. Erano alberi mai visti, bellezze misteriose, le cose che tenevano in mano, la fantasia dei loro vestiti. Ma poiché erano fatte perlopiù in metallo, parevano anche evocare la natura, con le foreste, il mare, il cielo stellato... questo era certo. Non c'era traccia di presunzione. Kyū lavorava scrupolosamente e con raffinatezza, prendendosi tutto il tempo necessario.

"Sì. All'epoca le mie opere non erano grandi come adesso. Incidevo le immagini tracciando linee su pezzi di lamiera, poi li bucavo e li univo. Ora che ci penso, per un certo periodo ne ho fatto anche delle stampe su carta."

“Proprio come adesso, quindi.”

“Sembra di sì... e senza che nessuno me l’abbia insegnato. Ho cominciato a lavorare con oggetti trovati, e alla fine credo proprio che sia la tecnica che userò tutta la vita. Più andavo avanti, più sembravano aprirsi strade nuove, e ho continuato sempre così. Al contrario di quanto si potrebbe pensare, in questo modo riesco a comunicare qualsiasi evento e stato d’animo. Per me è più facile che dipingere. Quando si dipinge si finisce sempre per assumere un determinato atteggiamento o una posa, mentre con questa tecnica, una volta che si è immersi nel lavoro manuale, non si pensa ad altro e si può andare lontano.”

“Nella tua mente sei sempre in contatto con quest’altro mondo lontanissimo, mi sembra. E tua madre? Lei come lavora? Le sue opere somigliano alle tue?”

Kyū rifletté, la testa piegata di lato, e rispose alla mia domanda.

“Non credo. Mia madre è mia madre, e forse vede un suo mondo a parte, che è diverso dal mio. Lei scolpisce sempre statue di una specie di spirito degli alberi, o qualcosa del genere. Ecco, cose simili a quegli omini che abbiamo visto. Quella volta ho avuto l’impressione di trovarmi di fronte a qualcosa che conoscevo fin troppo bene, a cui ero abituato, mi ha scosso il pensiero che mi avessero seguito fin lì da casa di mia madre.”

“Be’, se è così allora appartieni a un mondo vicino a quello degli spiriti o delle fate. È una questione ereditaria.”

“Ma che dici, smettila. Era la prima volta che vedevo una cosa del genere, io. Mi sono emozionato. Ho pensato che allora le cose che vede mia madre esistono davvero.”

“Uhm... ma allora anche l’idea che hai di lei dev’essere cambiata, no?”

“Sì. Prima pensavo che fosse un po’ svitata, dato che non faceva altro che star dietro a cose che neppure si vedono. Poi, in quel momento, ho capito finalmente cos’è che cercava di fare. Come succede per gli alieni, hai presente? Se si è nello spirito adatto, sulla loro stessa lunghezza d'onda, allora forse li si riesce a vedere... comunque gli omini, dopo quella volta, non li ho più visti, e forse non li vedrò mai più."

"Anche a me adesso sembra che sia stato un sogno."

Ci avevamo pensato entrambi così tanto che non ne avevamo parlato quasi per niente.

"È proprio per questo che adesso mi sembra di capire perfettamente mia madre. Dopo averli visti, le è venuta voglia di farli sopravvivere nel suo lavoro e la cosa le ha preso la mano, non è più riuscita a smettere. Sì, forse è stato in quel momento che ho pensato per la prima volta che il lavoro di mia madre potesse avere qualcosa di straordinario. Prima di allora avevo sempre creduto che fosse una donna con una forte immaginazione, poi in un istante ho iniziato a considerarla come uno studioso controllato e razionale impegnato in una ricerca sul campo."

"Sono belle le cose che dici."

Kyū rise.

"Però bisogna anche dire che quell'aria laboriosa e distante di mia madre, la sensazione che stesse sempre guardando verso un altro mondo, facevano soffrire molto mio padre – probabilmente pensava che non fosse giusto – e una volta, nel periodo in cui stavo per iniziare le elementari, mia madre è addirittura andata via di casa."

"Oh."

Eh, sì. Anche le famiglie apparentemente perfette hanno i loro problemi, pensai.

"È tornata subito, però. Una fuga come ne capitano in ogni famiglia, no!? Una mini-fuga."

Kyū rise. Poi inghiottì e riprese:

"Però quella volta, in realtà, ho pianto così tanto da perdere la vista".

Rimasi di stucco.

Se una persona pensa di non voler più vedere il mondo, può davvero smettere di farlo. Non che non ci avessi pensato prima, ma fui sorpresa di sapere che era successo davvero. Soprattutto se si trattava di Kyū, che ci vedeva così chiaramente.

Gli dissi:

"Vuoi proprio tantissimo bene a tua madre, vero?".

"Sì, e a quel tempo ancora di più. In fondo è normale. Credo che non ci sia niente di più doloroso, per un bambino, dell'idea di essere stato abbandonato dalla mamma, di non vederla più. Nemmeno se sua madre morisse, forse, soffrirebbe così tanto."

"Se in futuro dovessimo frequentarci in modo più profondo, in tutti i sensi, e poi io dovessi lasciarti per qualcun altro, chissà se anche a me continueresti a voler bene con tanta ostinazione, al punto da perdere la vista."

"No, credo che sarebbe più sopportabile rispetto alla condizione di un bambino abbandonato dalla madre. Sono un adulto, ormai."

Kyū mi rispose seriamente e io, che lo avevo detto quasi per scherzo, mi sentii imbarazzata e arrossii un po'.

Lui non se ne accorse, e continuò a parlare guardando altrove.

"Quando mio padre mi disse che per qualche tempo non sarebbe tornata, singhiozzai disperato, gridai, ero furioso, poi mi addormentai, e quando al risveglio mi resi conto che mia madre ancora non c'era piansi di nuovo. Non potevo accettarlo, e piansi fino a restare senza voce, ma non servì. E così decisi che non volevo più vedere niente. Nella stanza buia, piangevo e mi contorcevo dal dolore. La stanza era buia sia quando dormivo sia quando, da sveglio, me ne stavo tutto solo nel *futon*, pensando di essere all'inferno. 'Se questa è la vita, allora non la voglio,' mi dicevo. Non volevo stare all'inferno, non volevo vedere niente. A un certo punto, come se un velo mi fosse calato davanti agli occhi, tutto cominciò ad apparirmi sfocato."

"Che tristezza..." mormorai.

"Quella mattina, prima di andarsene non mi aveva detto niente, ma aveva fatto una cosa che non faceva mai: era venuta a stringermi forte. Il suo profumo mi era rimasto sul collo. Pensavo che non lo avrei sentito mai più. Piansi così forte che mi venne la nausea, e continuai fino a quando testa e pancia iniziarono a farmi male."

"Ma poi tua madre è tornata, vero?"

"Sì. Dopo due settimane."

Continuò a parlare con un po' di imbarazzo.

"Lo so che è stupido, che è davvero molto stupido, ma..."

"Cosa?"

"Quelle due settimane me le porto sempre dentro. Anche ora che è passato del tempo, e che posso parlarne sorridendo, a volte me ne ricordo e sto male. Non faccio che domandarmi perché non sia tornata subito, sapendo che non ci vedevo più, perché abbia aspettato così tanto."

Mi misi a ridere.

"Non vuoi proprio fartene una ragione!"

"Scusa tanto. Però non è che ci stia a pensare in continuazione."

Mi aveva risposto con un'espressione leggermente contrariata, e io risi di nuovo.

"Scusami, scherzavo," gli dissi.

"Però sul serio, certe volte mi torna in mente e sento una morsa allo stomaco. Forse sono davvero una persona triste."

"No, credo di capire perché non hai voglia di sentirne parlare. Anche se l'hai perdonata, quando ti capita di pensarci all'improvviso ti vengono mille dubbi. È normale. Io a volte mi sento del tutto insignificante, quando per esempio mio padre mi chiama il giorno dopo il mio compleanno e dall'altro capo del telefono sento rumore, e magari ho l'impressione che ci siano delle donne."

"La distanza intensifica la gelosia."

"È vero. E soprattutto è difficile accettare che ormai la quotidianità di mio padre è quella e che io non ne faccio parte."

Una volta pronunciate queste parole, mi sentii sollevata. Fu come se non fosse importante. Anche se in realtà mi succedeva persino di non riuscire più a dormire, dopo quelle telefonate.

La prima persona che avevo amato e perduto, la prima che mi aveva lasciato, forse era stata proprio mio padre.

Nell'età della crescita, quando più che in qualsiasi altro momento avevo bisogno di una famiglia, mio padre scappava sempre al lavoro, e anche se di solito non me ne importava, in realtà soffrivo moltissimo.

Forse in questo io e Kyū eravamo simili.

Una qualche forma di orgoglio faceva sì che cercassimo di non destare alcuna preoccupazione negli altri, e anche se ci sentivamo feriti nel profondo non lo dicevamo a nessuno.

Kyū rise.

"Magari tuo padre è convinto che tu sia grande, ormai. In effetti dai quest'impressione. Anch'io ogni tanto mi lascio andare e ti parlo come se avessimo la stessa età. Forse non riesce a percepire il tuo desiderio di essere bambina ancora per un po'."

Quando mi disse così, sentii il cuore alleggerirsi. Data la natura di mio padre, non poteva essere altrimenti. Il suo mondo era così come lo vedevo e sentivo, non era complicato come il mio.

"Grazie per le tue parole. Mi sento davvero meglio," dissi. E poi continuai:

"Sicuramente anche tua madre deve aver avuto bisogno di tempo per riflettere su problemi della vita di cui non poteva parlarti quando eri bambino, magari si trattava del rapporto con tuo padre. Non sarebbe stato più crudele se fosse tornata e poi se ne fosse andata via di nuovo? Per questo ci ha messo tanto, non ti sembra?".

"Razionalmente, sì. È solo che il dolore e l'odio di quei giorni mi sono rimasti dentro, come qualcosa di gelido."

"Credo di capirti anche in questo."

Avevo compassione del piccolo Kyū che la madre aveva lasciato dietro di sé.

Con una punta di commozione, lui cominciò a parlare del passato.

"Dopo un po' me n'ero fatto una ragione, anche se continuavo a non aver fame, non ci vedevo bene ed ero costretto a letto, e poi all'improvviso, un giorno che mio padre non era in casa, la mamma è ritornata. Era sera. Si aprì il portone, lei scalciò via le scarpe nell'ingresso, aprì una porta dopo l'altra e corse direttamente fino al mio *futon*. I suoi vestiti avevano l'odore dell'aria fredda di fuori. Mi svegliò e mi strinse così forte che quasi mi fece male. Il calore del suo corpo si trasmise al mio. All'inizio ero frastornato, ma poi affondai il viso nel suo seno e piansi aggrappato a lei. Mi ero aggrappato anche con i piedi, perché il suo corpo e il mio fossero perfettamente uniti. La mamma mi disse: 'Non me ne andrò mai più'. Lo disse piangendo: 'Mai più, non me ne andrò mai più'. Piangemmo insieme a singhiozzi, tanto che i nostri corpi divennero caldissimi, e poi ci addormentammo attaccati. Nel sonno continuavo a starle aggrappato, non la lasciavo. Mi ricordo ancora quella gioia. Tutto quel caldo era fastidioso, il corpo di mia madre era tiepido e morbido, e aveva l'odore tipico del sudore e delle donne. Era tremendo, la mia faccia era salata e appiccicosa per le lacrime, eppure ero al colmo della felicità e non volevo spostarmi di un millimetro."

Era come se ognuna delle emozioni di Kyū si aprisse un passaggio dentro di me.

"Dopo tornò mio padre, fecero la pace e da quel momento in poi non litigarono mai più. Non lo fecero per me, ma perché lo avevano deciso parlandone insieme. È come ti dicevo, niente di particolare, una famiglia del tutto normale. Ma può aiutarti a capire l'intensità dei miei stati d'animo. Eppure... in quell'occasione un pensiero mi balenò nella mente: accidenti, la forza delle mie emozioni un giorno o l'altro finirà per distruggermi. Devo trovare un modo per scaricarla. Non pensai esattamente queste parole, ma avvertii qualcosa che voleva dire esattamente questo, qualcosa di serio e di pressante. Passò un mese prima che tornassi a vedere. Imparai sulla mia pelle quanto tempo ci vuole per cancellare quello che abbiamo desiderato con tutte le nostre forze."

Gli risposi asciugandomi le lacrime.

"È così che è andata, quindi."

"Da allora ho continuato a lavorare con le mani. Se non smettessi, finirei per distruggere me stesso o qualcun altro."

Anche i suoi occhi si riempirono di lacrime. Che stupidi eravamo. Ma non potevamo fare a meno di piangere. Se sua madre non fosse tornata, molto probabilmente i nostri corpi si sarebbero irrigiditi, e così pure i muscoli intorno agli occhi, e avremmo fatto di tutto pur di non piangere.

Ma non era stato così, e per questo potevamo farlo. Ne ero felice.

"Stiamo piangendo come due scemi. Stiamo piangendo davvero."

Kyū disse esattamente quello che stavo pensando, e si asciugò le lacrime.

Pronunciai un semplice "sì", senza mostrarmi loquace, e mi asciugai le lacrime anch'io.

In bocca avevo ancora il gusto dolce del gelato. L'aria dei giorni prossimi all'inverno era limpida come non mai, mentre il cielo infinito e denso era di un blu scuro, come il mare. Dovevo tornare a casa, ma sapevo che quella notte non sarei riuscita a prendere sonno. Così tante cose mi erano entrate negli occhi e nella testa che non avrei potuto dormire. Senza alcuna voglia di separarmi da lui, avrei dovuto salutarlo al solito incrocio.

Ormai Kyū mi era del tutto familiare, e non provavo alcuna ansia. Ma ogni volta che dovevo salutarlo avevo una strana sensazione, un po' come quando da bambina, al mattino, prima di andare all'asilo, mi separavo dalla bambola di pezza con cui avevo passato la notte.

In questo modo sapevo che mi sarei persa tutti i palpiti dell'innamoramento, ma allora, più che l'amore, era quella la sensazione che desideravo.

"Perché non dipingi semplici quadri? È solo perché con le altre opere puoi dedicare più tempo al lavoro manuale, come dicevi poco fa?"

Non so perché, dopo, mentre camminavamo, mi venne in

mente di fargli questa domanda. L'idea che tutte le cose che ci eravamo detti fino a quel momento fossero collegate tra loro mi attraversò la mente in un lampo. Kyū rispose:

"A volte penso che sia così. Dopo il ritorno di mia madre facemmo un viaggio tutti insieme. Poiché era inverno preferivamo un posto caldo, e così andammo a Okinawa. La mamma è originaria di lì, e all'epoca mia nonna era ancora viva, andammo a trovarla. Anche se non si poteva nuotare andammo lo stesso su una bella spiaggia nei dintorni. Come al solito mia madre era immersa nel suo mondo, e mio padre nella lattina di caffè che stava bevendo. C'era il suono delle onde, e io pregavo gli dèi con tutto me stesso, felice perché i miei genitori andavano di nuovo d'accordo, e in macchina non avevano fatto che scambiarsi chiacchiere e tenerezze. Pregavo davvero con tutto me stesso, mentre facevo finta di guardare a terra. Pregavo che non mi togliessero mai quella pace. In quello stesso istante, la luce colpì le conchiglie, il corallo, i tappi e i pezzi di vetro, i ciottoli e le lattine schiacciate che erano ai miei piedi e, tutti mischiati, luccicavano. Mi sembrò stupendo, e mi si impresse negli occhi. Era la mia preghiera, diversa da quelle di chiunque altro. Ho pensato centinaia di volte che si trattasse di una motivazione stupida, ma volevo sviluppare a modo mio qualcosa che apparteneva soltanto a me. O forse questo l'ho stabilito dopo, chissà. Magari il mondo che mi sono inventato esiste, identico, da qualche altra parte, e mi è semplicemente venuto incontro. Oppure, forse, ma non so spiegarlo bene, prima che nascessi mi trovavo in un mondo come quello e mi sono ripromesso di rappresentarlo nelle mie opere, un giorno. Poi, in un momento importante della vita mi è capitato di vedere qualcosa che me l'ha ricordato, e mi sono detto: 'Ci siamo!'. Da dove arrivasse, però, non lo so nemmeno io".

Lo capivo alla perfezione.

Scampoli di conversazione tra le persone incrociate per strada, con il rumore delle auto e il suono dei clacson, erano la nostra colonna sonora. Il crepuscolo stava per scendere sulla città. Un odore di foglie secche avvolgeva tutto insieme all'aria fredda.

Il flusso delle macchine sembra sempre lo stesso, uguale in tutto e per tutto allo scorrere di un fiume, ma al loro interno le persone cambiano di volta in volta. Sono di ritorno verso qualcosa. Gente sempre diversa, mai la stessa persona. E il Kyū e la me di oggi non sono più insieme... Per un momento mi apparve estremamente realistico.

Avevo vissuto almeno un giorno con quella consapevolezza, prima di allora?

Tutto incalzava così velocemente che veniva voglia di fermarlo.

Se questa è la vita, bisogna stare attenti a non sprecarne neanche un po', in mezzo alla desolazione e alla fretta.

Naturalmente mia madre, facendo finta di niente, ogni giorno mi chiedeva tantissime cose.

Senza mio padre aveva molto tempo libero, che aveva deciso di dedicare interamente alla mia educazione... Di recente avevo iniziato a pensarla così, dicendomi che non avrebbe potuto essere altrimenti. Mi sembrava che prima mi lasciasse fare molto di più a modo mio. O forse, data la mia età, aveva cominciato tutt'a un tratto a preoccuparsi.

Mi disse: "Ci ho pensato bene. Mi riferisco alle cose che ha detto Kyū. Se mi oppongo, è perché immagino che tu ti stia facendo prendere in giro da lui. Tu non sei del tutto abituata a stare con gli altri, ed essendo cresciuta in mezzo agli adulti probabilmente sembri più grande della tua età. Ma se mi preoccupo è perché hai ricevuto un tipo di educazione che non ti ha mai esposto a trucchi e furberie. Alla fine sei solo una bambina, in tante cose sei una testona, e lui, per il solo fatto di avere qualche anno più di te, ha una grande responsabilità, questo è sicuro".

"Ce la sto mettendo tutta perché Kyū non si carichi di responsabilità troppo grandi, vedendosi con me. Però è una questione complicata, perché la più affezionata dei due sono sicuramente io. Per ora va bene, ma non ho la più pallida idea di come si metteranno le cose andando avanti. In fondo, per me è la prima esperienza."

"Tutto accade sempre per la prima volta, perciò è fondamentale che tu pensi soltanto per te stessa. Non ho nessuna intenzione di ostacolarti, in questo senso."

Mia madre parlò schiettamente. Poi soggiunse: "Ma visto che prima o poi succederà... Non parlo del sesso, intendo dire che, se a un certo punto ti innamorerai, forse lui potrebbe essere la persona giusta, non lo nego".

Aveva soppesato attentamente le parole, in un modo che a me parve quasi esagerato.

"Non ho intenzione di chiederti conto di ogni cosa che fai, ma voglio almeno che rispetti gli orari. E se doveste allontanarvi insieme, devi sempre dirmi dove andate. E non affrettare mai le cose. Piano piano, prenditi tutto il tempo che serve. Lo so che parlare così a una persona innamorata è inutile, però vorrei che tenessi a mente quello che ti dico."

"Va bene, lo farò."

In quel momento, era la sola risposta che potessi darle.

All'inizio dell'inverno si tenne una personale di Kyū presso la galleria di un suo conoscente. Pensavo che in quelle occasioni l'artista si chiudesse nel suo studio a lavorare, ma Kyū aveva già così tante opere pronte che sarebbero state sufficienti. Ciononostante, per le rifiniture e via dicendo, fu un po' più indaffarato del solito, e passava più tempo allo studio.

Lì l'atmosfera si era fatta movimentata, e c'era un costante viavai di gente. Ebbi così modo di vedere sia "la persona a cui piace Kyū" che "la persona che piace a Kyū".

Avrei preferito che fossero tutte "persone di cui non ricordo la faccia", ma in realtà le cose andarono diversamente.

L'incontro con la persona a cui piaceva Kyū avvenne nel modo seguente.

Uscita da scuola, chiamai Kyū e lo raggiunsi allo studio, dove c'era una donna che lo aiutava a unire dei fili metallici in una sua opera. La situazione non era tale da farmi provare gelosia, perché da lui c'era un continuo andirivieni di colleghi e colleghe più giovani. Kyū non beveva mai un goccio di alcol, e non amava neanche uscire a cena con tanta gente. Perciò non succedeva mai che dopo il lavoro uscissero e andassero a bere come scapestrati, e io, per fortuna, non avevo motivo di ingelosirmi. Se fossero andati a bere tra adulti, non lo avrei sopportato.

Ma quella donna sembrava diversa. Era sicura di sé, per non dire autorevole. In un angolo della stanza, sorridente, reggeva la lastra costruita da Kyū come se tenesse in braccio un bambino. Con le dita univa i fili delicatamente, sembravano i più morbidi del mondo. Aveva un aspetto incredibilmente fresco e gradevole.

"Ah, questa donna..." mi dissi.

Era di carnagione chiara, con i capelli corti e le ciglia lunghe. Emanava serenità e naturalezza. Il suo abbigliamento aveva un che di etnico ma ordinato, senza nemmeno una piega, e portava un paio di stivali bianchi puliti con cura.

La salutai.

"Buongiorno."

"Buongiorno." Mi rispose, ma nel vedermi si rattristò in modo evidente.

Io mi sentii un po' in colpa. Kyū era già di per sé estremamente complicato, ma con una studentessa delle medie come rivale le cose per lei si facevano ancora più difficili, e io mi sentivo davvero un fastidio. Non era un senso di colpa dovuto al fatto di esserle stata preferita. Avevo piuttosto la sensazione che, nonostante Kyū sembrasse rivolgersi sempre a lei, in realtà non lo faceva. Era il tipo di donna da cui sarebbe potuto correre dimenticandosi in un istante di una come me, se gli fosse piaciuta. Sapevo, quindi, che il fatto che lei si trovava lì significava che il suo era un amore non ricambiato.

Ma valeva la pena osservare con quanto calore lo aiutava, come se si trovassero dentro a un *kamakura*. Quella vista mi dava il buonumore, un po' come quando si osserva un canguro con il suo piccolo. Sicuramente anche le opere ne erano felici.

E provai persino commozione al pensiero che era grazie a persone del genere se Kyū riusciva a produrre opere grandi come quella che era lì su una parete, e che arrivava fino al soffitto, perché da solo, nonostante tutto l'impegno, non ci sarebbe mai riuscito.

Il fascino di Kyū non dipendeva soltanto da lui, ma anche da quelle persone, e da me, facevamo ognuno la nostra parte... Capii che gli esseri umani sono fatti tutti in questo modo.

E poi sentivo che lei e io avevamo qualcosa in comune. Entrambe non eravamo capaci di forzare gli altri... Io non ero contenta se non facevo sempre e solo ciò che volevo, e forse in questo lei non era identica a me, però non credo che stesse con Kyū per ottenere qualcosa da lui: se era lì era perché lo desiderava. Sentii che era rassegnata come me all'idea che un giorno forse si sarebbero allontanati, senza che lei potesse far niente per impedirlo.

In effetti, di tanto di tanto mi dicevo che non avremmo mai potuto continuare così. Sapevo che quei sentimenti non avrebbero portato a nulla di realistico. Nessun matrimonio, niente di niente. Un giorno sarebbe finito tutto, come quando un frutto cade dall'albero. Anche le cose più belle cambiano. Ma nessuno può prevedere come succederà, né quando.

Il soffitto dello studio era alto e l'ambiente non si riscaldava nonostante la stufa a cherosene. Versai del tè nero e tutti e tre, seduti sul pavimento, mangiammo degli stuzzichini. Non c'era latte, e nel tè mettemmo solo zucchero. Non parlammo di nulla in particolare, ed eravamo semplicemente noi tre, così.

Ma quando, dicendo: "C'è Hisakura?", entrò nello studio e la vidi, capii che le belle parole non sarebbero servite a niente. Sapevo solo che avevo perso, che non sarei mai stata alla sua altezza. Pensai che non mi restava che arrendermi, che comunque fossi cresciuta non sarei mai diventata come quella donna. Per la prima volta nella vita, fui infelice di essere me stessa.

Splendeva come una perla. Aveva una carnagione magnifica, le labbra curvate in un sorriso, ed era decisamente graziosa. Gli occhi erano grandi, e luccicavano in profondità, tanto da far pensare che non potessero nascondere niente. Portava un completo molto particolare – marrone, arancio e giallo mescolati in modo disordinato –, ma l'impressione generale era di una persona solida e attiva. Quale che fosse la fonte del suo fascino, a me sembrava di vedere una luce scintillante sprigionarsi dal suo petto e avvolgere ogni cosa.

Capii che doveva trattarsi senza dubbio della donna che a Kyū piaceva più di chiunque altra. Era straordinaria, sfavillante.

Disse: "Se non c'è non fa niente. Volevo sapere quando si inaugura la mostra!".

Risposi: "Ah, ce l'ho scritto da qualche parte".

Mentre tiravo fuori l'agenda e cercavo l'appunto, mi domandò: "Sei la sua ragazza?".

Le risposi, con un pizzico di insolenza: "No, mi manca ancora molto per raggiungere quella posizione".

Rise a bocca aperta, tanto che le vidi un'otturazione d'argento. Poi disse:

"In passato io e Kyū ci siamo frequentati, ma solo per un po'".

"Ah, ecco. L'avevo immaginato."

Mi incupii in volto, e lei rise ancora.

"Non fare quella faccia scura, adesso ho un altro fidanzato, non devi preoccuparti. Se ci siamo lasciati è perché io ero molto possessiva, e all'idea che quella lì, quella Miho, gli sarebbe stata dietro tutta la vita non riuscivo a non essere gelosa."

"Come sarebbe a dire 'tutta la vita'? Dice sul serio?"

"Eh, sì. Pare che abbia proprio queste intenzioni. Non sopportavo i suoi modi, sono scappata via."

"Come può una persona che sembra così tranquilla nascondere una simile forza?"

Non ci avevo mai pensato tanto, e per la prima volta mi sentii il cuore pesante.

"Esatto, il suo modo di amare è proprio una forza nascosta. E siccome gli uomini sono imbecilli, non ce la fanno a respingerla. In fondo, ognuno è libero di fare quello che vuole. Ma io non ci riuscirei mai, perché penso che la felicità sia una cosa diversa. E poi forse all'epoca Hisakura non teneva così tanto a me. Andava ancora all'università, e c'erano cose ben più divertenti dell'amore."

"Legarsi in modo serio a una sola persona è davvero difficile, eh?"

Io sono abbastanza egoista, mi importa solamente che si realizzi la mia visione delle cose, e in questo, forse, non ero poi così diversa da Miho.

"Eh, sì. Soprattutto per lui, che è una persona gentile. È strano. Per esempio, questa sciarpa me l'ha regalata lui. È di cachemire, molto cara." Così dicendo, fece ondeggiare la sciarpa che aveva al collo.

"Davvero?"

"Doveva vedersi con Miho e mi disse che aveva un altro impegno. Poi dev'essersi reso conto di aver sbagliato, e probabilmente me l'ha comprata per farsi perdonare."

"È una cosa da adulti."

"Lui pensa ancora di non essere stato scoperto, quindi non dirglielo! È stato sicuramente per quello che il giorno dopo me l'ha data, come prima cosa. Il ragazzo è davvero prevedibile, da questo punto di vista."

All'inizio mi chiesi se non fosse per prendere le distanze da me, che si vantava tanto, ma poi capii guardandola negli occhi che non era così. Semplicemente parlava con piacere, e risplendeva non meno di prima. Il suo tono, simile all'aria buona che si respira in cima a una montagna, non era cambiato, e si intuiva che era pienamente soddisfatta della sua esistenza.

"È fatto così, quando si sente in difficoltà finisce sempre per comprare qualcosa. È una persona semplice, direi che la sua età mentale è sì e no di quattordici anni, quindi sii positiva!"

Si mise a ridere e continuò: "Io ormai non ho più rapporti con Kyū, semplicemente amo le sue opere. Ma se c'è una cosa che non voglio assolutamente è che si leghi a Miho per abitudine, anche se può sembrare un capriccio. È che...". Assunse un'espressione un po' seria, e riprese: "Quella finirà per portare sotto gli occhi di tutti ognuna delle piccole meraviglie di cui io avevo tanta cura, e le rovinerà. Le trasformerà in inezie senza valore. Alla fine mi sarei dovuta rassegnare a perdere. Succede sempre così, a questo mondo. Io sto cercando qualcosa di diverso, per questo posso farmi da parte e vivere la mia vita. Ormai ho deciso, e mi sta bene così".

Sorrise ancora. Le guance rosate sembravano sul punto di scoppiare.

"Adesso vado via. Salutami Hisakura."

Con un solo movimento scese dallo sgabello e si diresse verso la porta. Guardava avanti, anche se era sempre lì, il suo sguardo era rivolto a quanto sarebbe venuto dopo. Gli occhi le brillavano di mille sfumature diverse, come diamanti.

Avrei voluto vedere quella sua espressione ancora una volta. Ancora una volta avrei voluto incontrarla. Avrei voluto che mi mostrasse tutti quei cambiamenti. Un viso o un gesto inatteso, tutte le forme del suo fulgore.

"Scusi..." la chiamai. "Potrei sapere come si chiama? Io sono Yūko."

Scoppiò a ridere. "Ah! Non ti ho detto il mio nome! Mi chiamo Hotsumi."

Hotsumi... Pensai che, nel bene e nel male, non avrei mai dimenticato quel nome, nello stesso modo in cui Kyū non riusciva a dimenticare lei. Quel nome si era inciso nel mio cuore a caratteri luminosi, come la formula di un sortilegio. Sapevo di non poter competere, ma la cosa non mi rattristava, anzi, era un primo passo sulla strada verso la normalità che avrebbe portato Kyū fino a me. Cosa ci fosse, oltre quella normalità, non lo sapevo ancora. Non riuscivo nemmeno a immaginarlo.

Quando gli dissi che era venuta una donna di nome Hotsumi, Kyū annuì. Non sembrava stesse cercando una scusa, né tantomeno che si sentisse in colpa: era solo un cordiale cenno della testa.

Gli domandai: "Kyū, quella è la persona che ti piace davvero, eh?".

"Lo era, sì. Non ho amato più nessuno così, dopo di lei."

Stranamente non ne fui ferita, ero solo curiosa.

Non volevo dargli fastidio, e dunque mentre eravamo allo studio non gli avevo detto niente, ma quando uscimmo, mentre bevevamo un Tazo Chai Tea Latte caldo da Starbucks... io *grande*, lui *tall*... stava diventando una nostra abitudine: sentivo che anche da cose semplici come questa potevano nascere storie.

"*Grande* va bene?"

"Sì."

"Biscotti?"

"Ne prendo."

"I soliti?"

"Oggi lascia pagare me."

"Figurati, per così poco."

Questi botta e risposta erano quello che mi piaceva di più.

Un vento gelido soffiava sulla città, mentre noi, nel tepore del locale, guardavamo la gente stringersi nelle spalle per il freddo. Rosicchiavo i biscotti alla noce macadamia e cioccolato bianco, e intorno si sentivano le voci dei camerieri, quando provai a domandare: "Se non vuoi rispondermi non fa niente, ma con quelle donne hai rapporti fisici?".

Kyū sbuffò.

"Ma che razza di domanda è? Chi ti dà il diritto di chiedermi una cosa del genere?"

"Nessuno, è una domanda mia, di Iizuka Yūko."

Lo dissi in maniera un po' altisonante.

Disse scandendo bene: "Sì, con entrambe".

"Lo sapevo."

"Naturalmente, con Hotsumi non più. È una cosa del passato. Un ricordo bellissimo e nient'altro."

Doveva essere imbarazzato, perché mi rispose facendo tremare un po' la tazza.

"Quindi con Miho ne hai anche adesso? E nonostante tutto ti vedi con me, sapendo che mi piaci così tanto? Ah, questa però è una domanda un po' da fidanzata. Io, nel mio piccolo, credo di volerti bene."

Come sempre, Kyū mi rispose dopo aver riflettuto onestamente. Vale a dire, onestamente verso se stesso.

"A voler essere più che precisi, in questo periodo no. Non era una cosa che succedeva così regolarmente. Miho ha una grande forza d'animo, aspetta sempre e comunque, mi vuole bene, e me lo lascia fare ogni volta che voglio. Nessun uomo giovane avrebbe rifiutato, al mio posto."

"Purtroppo si tratta di un genere che non pratico, ma posso immaginare."

"Non immaginare. Quando verrà il momento, che sia con me o con un altro, capirai. Però devi conoscerne solo la parte buona. Se possibile."

"Uffa, quando parli così mi sembra di avere un altro padre."

"Be', io non sono solo un tuo amico, sono anche un adulto e devo proteggerti."

"Va bene, va bene. Dicevi?"

"Solo quello che ho detto. Però non significa che mi piacesse davvero. Ormai era diventato una specie di divertimento, un circolo vizioso, e mi era venuta voglia di scappare. Ma non credo di aver sbagliato. Sapendo che le piacevo così tanto, ogni volta che mi fermavo a dormire da lei avevo la netta sensazione di farle un favore. Mi odiavo in quei momenti, perché per me non era così. Ciononostante lei era carina, c'era dell'emozione, mi sentivo a mio agio. Mi veniva addirittura da pensare che avrei potuto continuare per sempre. Poi ho capito che Miho non si prodigava perché le piacevo, ma perché è nella sua natura. È portata a sostenere gli altri. È capace di dare una mano in modo del tutto razionale, tanto che adesso mi dico che se non avessimo avuto quel tipo di rapporto forse mi avrebbe aiutato ancora più serenamente. Non vizia, né si lascia sfuggire niente. Da questo punto di vista la rispetto. Non è che la stia sfruttando. È qualcosa che riguarda solo me. Ogni volta che mi adagio nel suo mondo, ho la sensazione di non essere più me stesso, e questo non mi piace. Non so come spiegarti... quando da qualche parte dentro di noi ci sentiamo fiacchi, sembra che non riusciamo più a fare niente. Di mio sono una persona che di fronte a qualsiasi cosa si mette a pensare cose tipo 'andrà bene così? Ma sì...'. Proprio per questo, cerco di evitare certi atteggiamenti pesanti e di impegnarmi da solo, ma quella forza tutta femminile che, per come sono sfaticato, mi vizia in modo negativo, è assolutamente nociva nel mio caso, mentre per altri potrebbe rappresentare un sostegno, un divertimento, uno stimolo ad andare avanti. Anche se dovessi rimanere senza genitori, completamente solo al mondo, cercherei comunque di non andarmi a rifugiare nel suo. Come posso dire... 'assicurazione' suona male, forse? Mi sembra un bel po' stupido, da dirsi."

Kyū si fermò a riflettere.

Io gli domandai: "Lei è un'assicurazione... contro la solitudine, vuoi dire?".

"Non esattamente. Per non rimanere solo senza un vero motivo, per rimettere a posto i miei sentimenti quando sono in confusione. Ma viviamo in un mondo vuoto, in cui tutti, e i maschi in particolare, tendono a rassegnarsi alla vita e a tutto il resto senza speranza di cambiarli. Ti sembrerà ingenuo, ma è per questo che non voglio mettermi in una posizione così comoda da non riuscire più a venirne fuori. E poi mi piacerebbe lavorare anche mentre mi dedico alle cose piacevoli, ai sentimenti. Parlando in questa maniera forse do l'impressione di essere più in gamba di altri, ma in realtà non è così. Le mie opere richiedono davvero moltissimo tempo, che sottraggo alla mia vita e che, molto semplicemente, mi manca."

"E c'è qualcosa di Miho che non ti piace, davvero e non in senso astratto?"

Kyū rispose all'istante. Era una delle cose di lui che trovavo più belle.

"No. In Miho non c'è niente di sbagliato. Fa ciò che le piace fare e per cui è portata, e basta. Ma credo che il problema sia questo. Non è il modo in cui stende il bucato, la scelta del mobilio, come pulisce casa, né il fatto che cucini solo quando e come ne ha voglia o che sia un po' fredda, e schietta. Non è che tutto questo non mi piaccia, affatto. Proprio per questo... se dopo essermi dedicato al lavoro anima e corpo, fino allo sfinimento, logorandomi e deprimendomi, andassi a rifugiarmi nella relazione con lei, sarei un vile, non credi? Se trovassi sollievo in quei rapporti carnali, trascinandomi in casa altrui e lasciando che ci si prenda cura di me. Un po' come un bambino viziato dai genitori, quasi che non avessi mai messo il naso fuori dal circuito chiuso dell'infanzia. Questo genere di vita non fa per me, ma è un mio limite, lei non c'entra. Gli esseri umani sono fragili, e hanno bisogno di avere accanto qualcuno come lei. Ma io odio con tutto me stesso la società, perché si fonda su questo ordine di cose. Non riesco proprio a stare al passo con i tempi, eh?"

"Ah, è così allora... In ogni caso non credo di capire fino in fondo. Non mi sono mai trovata in una situazione del genere."

Non avevo mai avuto un rapporto così indefinito, eppure così intimo, con qualcuno. Continuai: "Ma se per te si tratta di una forma di svago, se nel suo mondo puoi riprenderti dalla fatica, allora vuol dire che ti ci sei anche trovato bene".

Un po' ci ero rimasta male, ma non potevo farci nulla.

"Non è che sia impossibile, ma nell'istante in cui me lo hai domandato non ho provato né piacere né sollievo. Quindi forse è impossibile. Da quando tu e io ci frequentiamo, il peso di quella situazione è iniziato a diminuire, e di questo sono felice. Ma perché ti sto dicendo tutte queste cose?"

Senza dire niente, ammiravo in cuor mio la serietà con la quale Kyū viveva i propri sentimenti. Al pensiero che con la stessa serietà si accostasse agli altri, o scegliesse calzini, slip, borse e spazzolini da denti, provai una leggera malinconia. Solo il primo amore permette queste piccole ingenuità. Proprio in questo noi due eravamo diversi. Kyū era già stanco di parecchie cose, mentre io ero ancora completamente fresca, e non c'era nient'altro che potessi fare per lui.

Credo che la personale di Kyū abbia avuto un grande successo.

Gli arazzi, che aveva composto mettendo insieme e colorando frammenti di vari oggetti, coprivano un'intera parete da cima a fondo, e sembravano essere sempre stati lì a riempirla, come in quei negozi di souvenir di paesi lontani.

In molti si erano raccolti nella piccola e raffinata galleria di Daikan'yama, e c'erano anche diversi giornalisti.

Le opere si erano vendute in un lampo, come per magia. Il bollino rosso della vendita era stato presto applicato anche a un piccolo oggetto dal prezzo relativamente contenuto che, insieme alla mamma, avevo pensato di comprare qualora fosse rimasto.

Da non crederci... tutte quelle cose, che fino al giorno prima avevo potuto osservare liberamente e gratis nello studio, adesso erano lontane, finite nel mondo delle merci con un prezzo. Quel passaggio era avvenuto in pochi istanti davanti ai miei occhi, lasciandomi a bocca aperta.

La proprietaria della galleria teneva in gran conto le opere di Kyū, e da questo punto di vista non c'era nulla di cui lamentarsi, ma tutto era stato incredibilmente veloce, tanto da restare sbalorditi. Quando mia madre era venuta a dare una sbirciatina, già non c'era più niente in vendita, come se fosse passato un uragano.

Si muoveva in silenzio, con il passo composto di una scolara, e guardava una dopo l'altra le opere di Kyū. Non aveva rivolto lo sguardo né a lui né alle persone che partecipavano al brindisi, e si era diretta subito verso l'esposizione.

"Mamma, sono questi i lavori di Kyū."

Mi rispose a bassa voce: "È una persona autentica, eh?".

Molta gente, dopo aver guardato le opere una volta appena, con mia grande sorpresa si era immediatamente lanciata sulle bevande, i crostini e i sandwich mettendosi a chiacchierare.

Kyū, che era l'ospite d'onore, lì in mezzo sembrava una persona del tutto comune, molto socievole. Era diverso dal maestro di disegno che mi piaceva tanto.

Il momento in cui mi sono sentita maggiormente orgogliosa era stato quando mia madre, solo dopo aver fatto più volte il giro della mostra, con un'espressione soddisfatta aveva preso un tè oolong da un inserviente della galleria. Aveva guardato i lavori esposti in silenzio, senza parlare con nessuno e senza salutare nessuno. Poi aveva bevuto un tè. L'eleganza di quei gesti calmò il mio animo agitato e confuso. Sono figlia di questa donna, pensai, e posso continuare a credere in quello che faccio.

"Ho sbagliato a dubitare della tua capacità di discernimento. Pensavo che Kyū fosse solo un bamboccio viziato, invece non è così. Forse ho capito cos'è che ti piace di lui. Ho capito il suo dolore, la sua malinconia, la persona che vorrebbe diventare, con cosa si confronta ogni giorno."

"Nemmeno io, nemmeno io pensavo che fossi una persona così seria, mamma!"

Forse l'avevo offesa.

"Scusa, mi sono espressa male."

Mia madre rise, e rispose: "Non ti preoccupare, capisco cosa vuoi dire".

"Perché sin da quando ero bambina non ti sono mai piaciute persone come quelle raccolte qui oggi."

Kyū era ancora circondato dalla folla, sembrava coperto dalle nuvole. Quel giorno proprio non ce la faceva da solo, e Miho gli stava vicino, come una mamma, occupandosi di tutto. Offriva da bere e consultava il listino per chi glielo chiedeva, senza esporsi né nascondersi troppo, con modi energici, giovane ma con il piglio di una persona esperta. Questo non mi piaceva, non tanto perché fossi gelosa, quanto per una sorta di malevolenza dovuta alla mia età. Senza nemmeno riflettere sulle circostanze reali, intorno a Kyū non volevo niente che mi fosse sgradito. Capivo che avesse bisogno di quel genere di presenza, ma non doveva essere Miho. Ci voleva qualcuno di più solido, non così coinvolto. Forse era gelosia, fatto sta che la vedevo in questo modo. Potevo anche accettare una persona che svolgesse quel ruolo, ma doveva esserci per forza qualcuno migliore, più in gamba.

Nella mia posizione potevo permettermi di pensare con tanta presunzione, ed ero convinta di avere ragione.

Eppure non potevo farci niente, e non ero proprio nessuno.

Un po' scontenta di me stessa, decisi di tornarmene a casa con mia madre.

Kyū, senza alcun sorriso di circostanza, mi fece capire a gesti che la sera mi avrebbe chiamato. Potevo così tornare a godermi la visione della notte oltre il davanzale. Quando sarebbe arrivata la telefonata, avrei aperto la finestra e respirato a pieni polmoni nonostante il freddo. Avrei anche guardato le stelle. Mi misi a pensare a qualcosa di molto lontano, perché se mi fossi concentrata su quello che avevo a disposizione avrei finito per innamorarmi ancora di più.

E lontano c'era il mio papà, al quale pensavo di tanto in tanto... anzi, ci pensavo di continuo.

Era lontano oltre ogni immaginazione. Sia come persona, sia come presenza ingombrante, che si ama nonostante la distanza, e che si ama al punto da star male, da non sapere cosa fare.

Anche quando mi telefonava lui aprivo la finestra, come con Kyū.

Volevo evitare di pensare che fosse un momento prezioso. Se mi chiudevo in camera a parlargli con calma, una volta riattaccato mi sentivo troppo triste. Per telefono mi diceva spesso cose del tipo "ho preso delle biglie antiche molto carine", o "ho trovato una collana con delle perle in ottimo stato, la tengo da parte per te".

Ripeteva sempre: "Se faccio cose del genere sono un vero fallimento, come professionista. Non dovrei tenere per me degli oggetti prima di metterli in negozio. Però quando penso a voi due mi viene spontaneo! A questa distanza tu e la mamma mi sembrate ancora più belle che nella realtà. Brillate lontane come stelle, e mi viene voglia di dirigere lo sguardo verso di voi".

Mio padre, laggiù, non aveva storie così importanti da portarlo a farsi un'altra famiglia o a divorziare da mia madre. Sarebbe tornato, lo sapevo.

Ma lui non immaginava neanche quanto significasse, per me, che la sua ombra nella vita di ogni giorno si assottigliasse sempre più. Il fatto che fossimo tutti insieme rendeva la casa in cui ero cresciuta del tutto ordinaria. I miei genitori lavoravano nello stesso quartiere, e tutti e tre eravamo sempre da qualche parte nei paraggi. Per una bambina viziata come me, era assurdo che la situazione potesse cambiare in maniera così radicale.

Un giorno la mia famiglia sarebbe potuta sparire. Non riuscivo a cancellare dalla testa questo pensiero, proprio come accade con i cattivi presagi.

Mentre l'assenza di mio padre mi sembrava non meno irreale di un brutto sogno, percepivo ogni giorno in maniera estremamente realistica il fatto che la sua figura accanto a mia madre diventava sempre più inconsistente. Come se non bastasse, avevo la sensazione che tutto ciò accadesse a ritmo accelerato.

Per esempio, poco tempo prima mia madre, di punto in bianco, aveva sostituito gli occhiali con le lenti a contatto. Mi raccontò che nei pressi della stazione stavano distribuendo dei volantini che pubblicizzavano lenti a contatto usa e getta economiche, era andata dall'oculista soltanto per provarle e si era trovata inaspettatamente bene.

"Vorrei mettere da parte i soldi e sottopormi a un'operazione per migliorare la vista. Ieri in libreria è venuto un mio conoscente americano e ha detto che l'ha fatta, pare che adesso veda splendidamente. Ho pensato che vorrei farla anch'io, e per cominciare ho preso le lenti a contatto."

Un'altra volta, rientrata a casa, l'avevo trovata con una permanente un po' dozzinale. Era una cosa che contraddiceva tutti i libri sullo stile di vita naturale che vendeva in libreria, ma all'improvviso le era venuta voglia di cambiare pettinatura e si era fatta fare quella permanente senza pensare ad altro.

Era un comportamento insolito, per mia madre. Era il tipo di persona che non compra quasi mai la carne al supermercato per evitare di produrre troppa spazzatura, eppure aveva fatto una cosa così anti-ecologica. Ero esterrefatta.

"L'ho fatta solo sulle punte. In questo periodo ho voglia di vedermi diversa."

In effetti mia madre, che pure non si truccava perché non le piaceva, era così allegra che persino il cardigan blu che portava sempre era brillante, come se fosse un indumento diverso. E sembrava anche che la sua figura ne avesse beneficiato. Teneva il collo allungato e guardava dritto davanti a sé.

"Lo fai perché papà, al suo ritorno, si complimenti subito con te dicendoti che sei diventata più bella?"

Non avrei mai voluto che diventasse una di quelle donne di mezza età che, in assenza del marito, cercano in ogni modo di farsi belle e magari si invaghiscono di qualcun altro come delle ragazzine.

"No."

Mi aveva risposto seccamente.

"Lo faccio per me, perché mi diverte. In realtà adesso non

ho nessun interesse verso gli uomini. Anche quello per tuo padre si è affievolito. Non avendolo davanti agli occhi...”

Per me fu una specie di choc, ma era chiaro che non mentiva.

Rise.

“Semplicemente, mi piaceva l’idea di essere diversa, dopo tanto tempo.”

Mi sembrò straordinario che potesse cambiare tanto facilmente, che non provasse alcun tipo di attaccamento per la se stessa che era stata in tutti quegli anni. Avevo conosciuto un nuovo aspetto di mia madre.

Quando mio padre telefonava, o quando lo chiamavamo noi, parlavo sempre anch’io, ma alcune volte, di notte, lui e mia madre chiacchieravano da soli.

Se dovevano parlare di me, per esempio della scuola in cui mandarmi, oppure di questioni economiche relative al negozio, mi dicevo che era meglio lasciarli soli e facevo finta di niente, anche perché non avevo nessuna voglia di intervenire.

Ma anche senza volerlo, qualche volta finivo per ascoltare le loro conversazioni, perché mia madre parla a voce alta.

Anche di recente, una sera, in corridoio si sentiva la sua voce, arrabbiata.

“Non ti ho davanti agli occhi. Io non sono una romantica, e se non ho una persona davanti agli occhi me ne dimentico. È vero, non è che io mi stia sforzando di non dimenticare che ci sei, ma succederà comunque, naturalmente.”

Rimasi di sasso e mi chiesi cosa mai sarebbe successo se la telefonata fosse continuata e la conversazione si fosse fatta più seria. Non avrei saputo davvero cosa fare.

E la trasformazione di mia madre continuava. Una sera rientrai e trovai una bicicletta pazzesca davanti a casa. Non era la classica bici da città, il telaio sembrava un po' pesante, ma era solida e di buona fattura, probabilmente costosa.

Entrai e chiesi: "Mamma, e quella bici?".

Mia madre abbassò il volume – stranamente altissimo – a cui stava ascoltando Neil Young e sorrise fiera. Anche quel modo di sentire la musica era un po' da single. Il suo volto mi sembrò estremamente giovanile, mentre le dicevo: "Eh? Non senti?".

Rispose: "Bella, eh!? Hai presente quel bel negozio di biciclette vicino all'università femminile? C'era un signore che stava sistemando e ci siamo messi a parlare. È successo il mese scorso. Alla fine, chiacchierando con lui mi è venuta voglia di prenderne una, e l'ho ordinata. Adesso è arrivata. È proprio bella, neanche sembra vera. Rossa, poi... Va una meraviglia!".

Da quel giorno mia madre pensava solo alla sua bicicletta. La lucidava, passava l'antiruggine, aggiungeva l'olio, e la cosa sembrava divertirla. Saltava in sella e si spostava sempre in bici.

La mamma, per quanto ne sapevo io, si era sempre spostata a piedi, e portava occhiali con una montatura rossa. L'agilità dei suoi movimenti, insieme all'abitudine di tirarsi su gli occhiali con il dito, era a tal punto impressa nella mia memoria che tutti quei cambiamenti mi provocarono un vero e proprio choc. Era come se poco alla volta avesse iniziato a sollevare una membrana trasparente che l'avvolgeva. Aveva cambiato rotta e, liberatasi di quel velo che la separava dal mondo reale, si apprestava a vivere la sua vita.

Quanto all'aria da moglie che l'aveva sempre accompagnata...

Senza nessun contrasto apparente con l'atmosfera dolce e ovattata che regnava in casa, una presenza dai contorni sfumati si era fatta sempre più densa, e la mamma era ritornata quella che era prima di sposarsi e che io non avevo mai conosciuto, una donna che da sola riusciva a fare tutto, piena di immaginazione, una sognatrice. Tutto questo era molto bello, ma allo stesso tempo rafforzava il mio cattivo presentimento.

Sicuramente anche mio padre non aveva più nulla che lasciasse intuire l'esistenza di mia madre. A piegare il suo bucato erano le sue stesse mani. Il cibo che ne sosteneva sangue, carne e pensieri, non era mia madre a prepararlo. Tutte queste cose, messe insieme, cancellavano la sensazione che i miei genitori fossero una cosa sola.

Persino l'amore per mio padre sarebbe svanito in una specie di foschia distratta e malinconica. Lievemente sarebbe sbiadito, e anche volendo mia madre non sarebbe più riuscita a tornarci con la mente. Non sarebbe riuscita a ricordare il suo volto, né il suo odore. La porta chiusa della stanza di mio padre sarebbe stata la sua sola traccia nella nostra casa.

"Non sarà mai più riaperta. Non si sentiranno più rumori vivaci al di là di questa porta." Questo ci raccontava il buio.

L'assenza di mio padre era anche assenza di un divertimento materiale. Le uscite in auto o al ristorante, gli scaffali da montare, gli scatoloni da sistemare, le ordinazioni di una deliziosa carne da *sukiyaki* di cui avevamo letto su qualche rivista: tutte queste cose si facevano sempre più lontane. Se non fosse stato lui a proporle, nella nostra casa non si sarebbero mai verificate.

Sul soffitto del corridoio c'è una luce, e una notte la lampadina si è fulminata.

Era l'una e stavo facendo il bagno, quando all'improvviso il corridoio divenne buio.

Uscita dalla vasca, mi infilai il pigiama e stavo andando a dirlo a mia madre, ma la incontrai fuori dalla sua stanza, nel buio pesto del corridoio.

Era stata una giornata cupa, di pressione bassa. Forse per questo, entrambe eravamo state tutto il tempo in silenzio... I nostri sguardi si incontrarono e nello stesso momento ci venne in mente l'allegria di mio padre, la sua forza, ciò che più amavamo in lui; ci assalì una tristezza profonda, un senso di ansia.

Ogni volta che quella lampadina si fulminava, anche nel cuore della notte, lui diceva: "Non ce n'è una di riserva? Allora vado a comprarla al *konbini*. C'è qualcos'altro che volete? Del gelato, magari?". Così dicendo saltava in sella alla moto, andava fino al *konbini* e ritornava immediatamente.

Poi prendeva uno sgabello e cambiava la lampadina come se nulla fosse.

Nell'istante in cui si accendeva e illuminava il viso di mio padre... sentivamo sempre quanto fosse affidabile. Dal suo volto non trapelava mai incertezza, era fiero, ci amava molto ed era felice di poter fare qualcosa per noi.

Anche se l'agilità con cui muoveva le gambe e l'ampiezza delle sue spalle non erano tutto, in quei momenti ci sembravano una specie di tesoro. Sapevamo che ci saremmo potute fidare di lui in eterno.

"Grazie, papà," ripetevamo, e intanto, in cucina, mangiavamo il nostro gelato. Una dolcezza del tutto ordinaria, l'immancabile rito dello scambio di un assaggio, mio padre che beveva la sua birra senza partecipare: non ci saremmo mai neanche lontanamente immaginate che un giorno avremmo pianto al ricordo di una scena così banale.

Sia io che la mamma piangevamo senza riuscire a fermare i singhiozzi, ci dicevamo a vicenda che era stupido, e piangevamo ancora. Avremmo voluto averlo lì a ogni costo. Sentivamo che quei giorni non sarebbero mai più tornati, e la desolazione della nostra vita ci piombò addosso con tutto il suo peso.

Mia madre disse: "Ehi, piangere non serve a niente. Perché non andiamo a comprarla, la lampadina? Non voglio andare a dormire con il corridoio buio".

"Ma è notte fonda! Possiamo comprarla anche domani. Quando farà giorno andrà tutto meglio." Non appena lo dissi, mi vergognai di aver pensato una cosa tanto banale, perché mia madre aveva assunto un'espressione estremamente contrariata e triste. Sembrava una ragazzina. Poi mi resi conto che lei stessa, con atteggiamento ancora più infantile, cercava di tirar fuori un'altra buona idea. Quindi le dissi: "Dai, andiamo. Il *konbini* è a due minuti da qui, non è pericoloso".

Il fatto che avessi cambiato idea così rapidamente sorprese molto mia madre, che disse: "È Kyū che ti ha fatto diventare così, vero? Da un po' di tempo mi sembra di essere ritornata a quando eri bambina, mi stupisci spesso".

Forse sì. Ero più chiusa e più distante del solito, in quel periodo.

"A me fa piacere. Pensavo che, innamorandoti, pian piano ti saresti allontanata da me, invece hai ripreso le espressioni che avevi da bambina. A quei tempi, stando insieme a te scoprivo sempre cose nuove, e ho capito di essere diventata rigida, tesa. A mano a mano che ti educavo, insieme a te ho scoperto la libertà. Adesso somigli molto a quella che eri allora."

Quindi, il fatto che mi fossi innamorata di Kyū aveva portato a un cambiamento, e mia madre, subendone l'influenza, era cambiata a sua volta. Oltre alla disperazione per l'assenza di mio padre, c'era stata anche una trasformazione in senso positivo: appena lo ebbi capito mi sentii davvero sollevata. Quando si è direttamente coinvolti, è difficile accorgersi di qualcosa. La mamma non era tornata indietro, al passato, semplicemente stava diventando una persona nuova. Si stava solo avvicinando alla propria natura.

E così, anche le lacrime versate fino a poco prima se ne andarono via.

Il presente era tornato presente. Si era sottratto ai ricordi dolorosi ed era diventato il tempo in cui costruirne di nuovi.

Faceva davvero molto freddo, perciò ci infilammo il cappotto, mettemmo sciarpa e guanti e uscimmo a piedi, in piena notte. Desideravo che quel ricordo restasse come uno dei più belli, e non di quelli dolorosi. Le stelle brillavano lontane, il fiato usciva bianco, il commesso era assonnato. Eravamo solo andate a fare la spesa, niente di speciale, nessun pericolo, nessuna avventura. Comprammo una rivista, del gelato e una lampadina nel *konbini* che luccicava nel buio. Tornate a casa, aiutai la mamma tenendole fermo lo sgabello e porgendole la lampadina nuova. Una volta avvitata, mangiammo il nostro gelato assaggiando ognuna quello dell'altra, e dopo esserci dette che in effetti, senza papà, momenti come quello avevano un che di malinconico, ci decidemmo a telefonargli.

Mentre gli diceva "poco fa la lampadina in corridoio si è fulminata, e siamo diventate tutt'e due molto tristi", mia madre era davvero bella.

Mio padre, che per via del fuso orario era immerso nel mondo del giorno, probabilmente non lo percepiva. Le disse che avrebbe potuto anche lasciarla così com'era, al suo ritorno ne avrebbe cambiate a volontà.

Grazie alla sua reazione tranquilla, la malinconia che fino a poco prima avevamo custodito come un tesoro si tramutò in una serenità del tutto naturale.

Ma io e la mamma, per un istante, avevamo pensato davvero che non sarebbe tornato mai più, che non si sarebbe mai più offerto di andare a comprare una lampadina.

La profondità momentanea di quella malinconia... Questo significava la nostra famiglia, per noi.

Per quanto banale potesse sembrare.

E non bastò una telefonata a tranquillizzarci completamente.

Quando tutto fu finito, eravamo così stanche che tornammo ognuna nella propria stanza e cademmo in un sonno profondo. Fu un bene. Se, esauste, non fossimo riuscite a dormire, i pensieri ci avrebbero sopraffatto e avremmo finito per piangere ancora.

Dopo la chiusura della mostra, quando Kyū si fu rilassato, uscimmo insieme in un quartiere un po' più distante.

Natale era vicino e luminarie risplendevano su alberi di ogni tipo mentre le vetrine dei negozi brillavano piene di Santa Claus, di abeti e di agrifoglio. Era come se si riflettessero nel cielo coperto dalle soffici nubi invernali. Sembrava di essere in un accogliente palazzo di neve: ero felice. Era il momento più bello nell'umido inverno del nostro paese, con le emozioni amplificate e la felicità che si respirava dappertutto.

Entrammo in uno di quei caffè piccoli e bui che piacevano a Kyū, e dopo tanto tempo prendemmo un caffè chiacchierando tranquillamente.

"Quindi è così che funziona una mostra. Si vende direttamente sul posto, un pezzo dopo l'altro. Io pensavo che la vendita avvenisse con una specie di contrattazione, un po' in segreto. Credevo anche che la gente decidesse con calma, dopo aver visto le opere chissà quante volte. Sono rimasta esterrefatta quando, entrando, mi sono resa conto che su ogni pezzo era attaccato un bollino, e che quindi erano stati tutti venduti. Come se la gente non stesse aspettando altro, e da tempo. Se li sono portati a casa, litigandoseli, dopo averli visti una volta soltanto."

Sotto la luce color arancio, Kyū mi sembrava un po' più magro e sexy, dopo tanto che non lo vedevo.

"Capita che, per esempio, il giorno dopo l'inaugurazione, quando vengono le persone normali, non sia rimasto più niente?"

"Non succede quasi mai. E poi posso chiedere il loro parere, visto che vengono più volte a vedere. In fondo siamo in contatto anche normalmente, quindi non è che le opere si vendano soltanto in occasione delle mostre."

Sembrava quasi che si stesse scusando per aver venduto tutto.

"Però c'è una cosa che mi domando sempre. Naturalmente sono contento di vendere le mie opere, mi fa davvero piacere. Ma è questo sistema per cui la gente entra tutta insieme, guarda un attimo il mio lavoro, scorre il listino prezzi e compra... È così e basta, certo. Ma per esempio, le azioni... be', io non me ne intendo di azioni, quindi forse mi sbaglio. Comunque sembra che ci siano anche persone che le prenotano, hai presente? So che devo essere felice, perché significa che mi riconoscono un potenziale, e la considero una bella cosa, certo. Quelli che vengono per primi sono quasi tutti conoscenti o amici, e mi domando quante siano le persone che visitano la mostra perché realmente interessate. Mi succede in continuazione di andare troppo oltre con questo genere di riflessioni, e di entrare in crisi. Tutti cominciano subito a bere e a mangiare, e le opere nemmeno le guardano."

"Uhm, anch'io l'ho pensato."

Kyū riprese: "Non riesco a farci l'abitudine... Per me i quadri sono sempre stati cose da vedere come e quando si vuole. Per esempio, io ad Amsterdam sono andato a vedere i quadri di Van Gogh cinque volte in quattro giorni. In momenti così non viene voglia di bere, e se si mangia non si sentono nemmeno i sapori. Non si tratta propriamente di commozione, ma si è in uno stato d'animo tutto personale, ovattato, in cui svaniscono istantaneamente sia la sete che la fame. Mah, il fatto stesso di paragonarmi a Van Gogh è assurdo e da presuntuoso. Non è che mi aspetti che tutti si commuovano, né che si sentano come mi sento io. C'è anche chi guarda e poi se ne va, in silenzio. È solo che a quello io non mi voglio abituare. Ho paura che finirei per pensare proprio le cose che odio, e cioè che voglio guadagnarmi da vivere vendendo le mie opere. Però cerco, per quanto mi è possibile, di non badarci troppo. Due anni fa ho cominciato a insegnare disegno ai bambini, e finalmente ho smesso di pensare alle chiacchiere sul mio lavoro e alle persone che se ne stanno un sacco di tempo di fronte alle mie opere senza nemmeno guardarle".

Nella mia testa si materializzarono i volti dei miei cari compagni e l'atmosfera della classe. Mi tornarono in mente anche le facce dei bambini più piccoli che, nella tranquillità dell'aula, coloravano in silenzio. Era la possibilità di starsene ognuno immerso nel proprio mondo, più che il fatto stesso di disegnare, a piacermi tanto.

"Premetto che non mi intendo né di disegno né delle tue opere. Nel corridoio di casa mia c'è sempre stato un quadro, ma niente di speciale. Lo ha comprato mio padre a mia madre, per il suo compleanno, in una cittadina della provincia americana, e raffigura una minuscola capanna in riva al mare con dei gabbiani. È fatto a penna, e colorato ad acquerello di un bell'azzurro. Ce l'ho davanti agli occhi da quando sono molto piccola e mi ci sono abituata al punto da non ricordarmi nemmeno più che è lì. Una volta però, quando ero alle elementari, sono caduta sciando e mi sono presa una storta. Ho dovuto passare una notte in ospedale, in attesa che mio padre venisse a prendermi. All'improvviso, in quel posto sconosciuto, di malumore e con una gamba dolorante, mi sono detta che sarebbe stato bello se avessi avuto il quadro davanti. Tempo dopo ho trovato su internet un libro che raccoglieva le opere dell'autore, l'ho ordinato e da allora ho sempre nutrito dei sentimenti particolari verso i suoi quadri. Ma ci sono voluti degli anni perché succedesse. Forse non si può capire se un quadro ci piace o no, a meno che, come nel mio caso, non capiti di non vederlo per molto tempo."

"È vero."

Kyū si era illuminato in volto.

"Anche se le mie opere stanno a prendere polvere in una casa, questo non significa necessariamente che non abbiano mai emozionato nessuno. Un po' come quando per tutta la vita si ricorda con nostalgia il disegno dei cuscini di quando eravamo bambini. Per questo cerco di non pensare a dove andranno a finire i miei lavori, ma mi dico che, se ho dato il meglio di me, allora continuano a vivere di vita propria lì dove si trovano. In fondo non è del tutto impossibile che anche le persone che se ne stanno a bere, mangiare e chiacchierare siano toccate dal mio lavoro. Dipende sempre da me, se mi faccio queste stupide idee."

Per scherzo, gli dissi: "Non spifferare tutto così, o il tuo segreto svanirà!".

Si mise a ridere di gusto: "Ma che segreto! Io? Sapessi

quanta gente c'è, del mio livello. Nelle accademie d'arte, per esempio".

"Come te, però, ci sei solo tu."

Mi sentivo come se non volessi esprimere a parole troppi sentimenti, perché quell'inverno era qualcosa di unico.

Ho la sensazione che ci siano cose che a parlarne svaniscono, e altre che invece crescono. Quello che c'era tra noi apparteneva alla prima categoria.

E così, un po' stando zitti, un po' chiacchierando e riempiendo più volte le tazze di tè, a un certo punto ci ritrovammo con la pancia piena e decidemmo di andarcene.

Sulla via di casa, incontrammo per caso Miho. Ci disse che era stata in una grande merceria a comprare del panno e del filo che le servivano per le sue opere, e adesso stava rientrando.

"Ah! Hisakura, Yūko!"

Sul suo volto non c'era la minima traccia di gelosia, e aveva agitato la mano con un sorriso smagliante. Era placida come un'adepta di qualche nuova religione, e questo pensiero mi mise leggermente di cattivo umore.

Il fatto che fossi io a rabbuiarmi mi parve tipico della nostra situazione. Stava facendo di tutto per farmi sapere che per quanto riguardava Kyū era tranquilla, tanto da infastidirmi... Era il mio brutto carattere a farmelo pensare. Mi dicevo che il motivo per cui la prendevo male era che tra me e lui, invece, le cose erano tutt'altro che rilassate. E questo mio modo di pensare mi indisponeva ulteriormente. Più ero scontenta di me stessa, più Miho mi appariva bella.

Ebbi l'impressione di aver compreso in piccola parte anche i sentimenti complessi che Kyū provava per lei.

Dopo aver scambiato qualche parola lì in piedi con Miho, Kyū e io la salutammo e passammo davanti a un grande centro commerciale. In vetrina c'era un enorme abete decorato con sfere luccicanti oro e argento. Sulla punta c'era una grossa stella e ai piedi tanti pacchetti infiocchettati.

Kyū mi disse: "Quasi quasi ti compro qualcosa per Natale".

In quell'istante mi tornarono in mente le parole di

Hotsumi, forse perché ero ancora di malumore per l'incontro di poco prima con Miho. Mi aveva detto che "quando Kyū si sente in difficoltà finisce sempre per comprare qualcosa".

Avevo deciso che questo voler comprare qualcosa era un aspetto di lui che non mi piaceva. All'improvviso si era fatto largo nella mia mente quello che consideravo un difetto, nonostante sino ad allora non gliene avessi attribuito nemmeno uno.

"Perché? Non mi serve niente di particolare. Magari fiori, dolci, del gelato... Qualcosa che si consumi."

"Non parlare così."

Fissando la vetrina, Kyū disse: "A me piace moltissimo fare regali, vorrei comprarti qualsiasi cosa. In fondo non starai sempre insieme a me".

"Cosa? Che vuoi dire?"

Mi rispose con un pizzico di imbarazzo.

"Non capisci. Non sono così sicuro di me stesso da credere che ti piacerò per sempre, e penso continuamente che prima o poi ti allontanerai da me. Immagino che conoscendomi resterai delusa, ti metterai con qualcuno che non penserà ad altri che a te e io ci resterò malissimo. Ma mi consola il pensiero – anche se in realtà è un pensiero triste – che, quando ormai ti sarai dimenticata di me, aprendo il tuo vecchio scrigno dei tesori troverai qualcosa che ti ho regalato io. Mi basta quest'idea per comporre un'opera intera."

"Stupido, stupido, stupido! Voi maschi siete davvero stupidi! Pensate solo a voi stessi!"

Le lacrime affioravano copiose. Perché non riusciva a capire che non era quello, che volevo?

Vedendomi piangere, disse: "...Addirittura?".

Sembrava davvero sorpreso.

"Perché ti fai venire certe idee?" gli chiesi con rabbia.

"È che io sono un po' più adulto, ho un'indipendenza economica, e l'idea che tu potresti non stare per sempre con me forse mi innervosisce."

Parlava razionalmente. Quella razionalità mi fu d'aiuto. L'ombra delle parole di Hotsumi si stava diradando.

"Ma cosa c'entra l'indipendenza economica? Io lo so che per certi versi sei uguale a tutti gli altri maschi. Per questo ti viene voglia di dire queste cose. Capisco anche perché istintivamente ti atteggi come chi non sa vedere le donne sotto nessun'altra luce. È un'abitudine crudele, esattamente identica a quando una ragazzina come me raccoglie una foglia caduta o una ghianda di rara bellezza, poi se ne va a dormire e al risveglio se n'è già dimenticata. Io però sono decisa a correggere questo vizio, quindi tu cerca di non parlare più per frasi fatte e di non badare solo alla forma. Vorrei che questa forma la mettessi in discussione. D'accordo? Il vuoto provocato dalla mia assenza si può riempire solo con la mia forma, e viceversa."

"Va bene."

Avevo parlato con grande impeto, e lui annuiva docilmente.

Ma dentro di me pensavo che sicuramente Kyū doveva essere stato uno di quei bambini a cui i genitori non comprano le cose che desidera. Per questo voleva sempre comprare cose agli altri.

Mi sentivo un po' in colpa, e aggrappandomi al suo braccio gli dissi: "Ma se è una cosa piccola va bene. Anche se non si consuma. Per esempio, una pianta in vaso".

"D'accordo, pensiamoci su. Ho la sensazione di avere appena ascoltato parole importanti. Facciamoci venire in mente qualcosa di divertente, di nuovo, di adatto all'occasione."

Il suo volto aveva assunto un'espressione mai vista prima, e fui felice al pensiero che l'avesse creata insieme a me. Il mio lieve malumore era stato spazzato via. A lasciarsi influenzare dagli altri non succede nulla di irreparabile, ma intanto ci si è lasciati influenzare.

Ci dimenticammo completamente della nostra lite e, per sfuggire al freddo, entrammo in un altro locale. Era un posto silenzioso e buio, dove si serviva caffè amaro. Sentivo ridursi poco alla volta anche la differenza di età.

Mentre sorseggiavamo il caffè, Kyū disse: "Ma sì, visto che la settimana prossima torno a casa, magari ti porto un regalino da lì".

Così, all'improvviso, aveva detto una cosa talmente normale che mi parve buffo e scoppiai a ridere.

"Ma così è un souvenir, che c'entra col Natale?"

"Lo sapevo, le donne sono incontentabili."

"Non è questo che voglio dire, ma cosa vorresti portarmi? *Nozawana*? Dei *Kitakata rāmen*? Roba così?"

"No... qualcosa tipo carne di manzo... latte dei pascoli di Senbonmatsu... formaggio..."

"E non sono souvenir?"

"In effetti sì."

Si mise a ridere.

"Per l'emozione non capisco più niente. Quelli sono proprio souvenir, eh?"

"I tuoi sono di Nasu?"

Mi ricordavo dei pascoli, perché ci ero andata da bambina con i miei genitori. Avevo cavalcato, accarezzato i cani, dato da mangiare ai maiali. Mi è rimasto impresso mio padre che, bravo in tutto com'era, aveva munto una mucca. Invece io e mia madre, per quanto l'avvicinassimo parlandole dolcemente, non c'eravamo riuscite. Poi, mentre noi dormivamo come sassi, papà era rimasto perfettamente sveglio tutto il tempo per guidare. Ogni volta che aprivo gli occhi vedevo la sua schiena rassicurante e le mani che stringevano il volante, e mi riaddormentavo tranquilla.

Kyū disse: "Sì. Prima di morire mio padre ha comprato una casa per la villeggiatura a Nasushiobara, e adesso ci vive soltanto mia madre".

"Quando è morto tuo padre?"

"Tre anni fa. I miei poi non hanno divorziato, sono rimasti insieme. Credo che siano andati d'amore e d'accordo fino alla fine."

"Ma tua madre non è triste? Tutta sola in casa..."

"Pare di no. Sta sempre a scolpire il legno. Ogni tanto vende anche le sue opere in una galleria lì vicino, quindi è sempre molto presa. Vende bene, tra l'altro."

"Siete una famiglia di artisti che vendono, eh?"

"A dire il vero, penso di non poter competere con la sua passione. Non dorme neanche, per scolpire il legno. Quella piccola casa, così piena di bambole, fa quasi paura."

"Ah, ci sono!"

Mi era venuta un'idea fantastica.

"Se non costano troppo, ne vorrei una."

Con un'espressione stupita, Kyū rispose: "Con tutte quelle che ci sono... E poi sono io a chiedergliela, quindi di sicuro non me la farà pagare, ma sei sicura che ti piaccia?".

"Non le ho mai viste, quindi non lo so. Come sono fatte?"

"Se dopo averla vista la vorrai ancora, te la regalerò... Sono... Forse fanno un po' impressione...?"

Poi aggiunse: "Se tua madre ti dà il permesso, ti andrebbe di venire con me?".

"Sul serio?"

"Le vedi con i tuoi occhi e decidi. Se per caso non dovessero piacerti, o dovessi capire che non le vuoi, mi fai un cenno e ce ne torniamo indietro come se niente fosse."

"Ma scusa, non sono opere d'arte? Non posso mica farmele regalare così, a cuor leggero."

"Non hai ancora visto quante ce ne sono. Se qualcuno non ne porta via un po' finiranno per schiacciare mia madre. E poi credo che lei stessa non te la farebbe prendere, se ne scegliessi una che considera molto importante. Da quel punto di vista è molto schietta."

"Certo che pensi proprio a tutto, eh? Però sono sicura che non avrò il permesso di fermarmi per la notte. Fotografale, e mandami un'e-mail."

Ero un po' giù di morale. Kyū mi disse: "Possiamo andare e tornare in giornata. Devo solo farle vedere le fotografie della mostra".

"Se è così potrebbe andar bene."

"Andiamo in macchina, quindi faremo presto. Se tua madre ci dice di no, ma pensi che la si potrebbe convincere, fammelo sapere. Magari provo a chiederglielo io."

"Va bene!"

Ero contenta. Sia del fatto che non mi considerasse una palla al piede, sia perché avrebbe lasciato scegliere a me l'oggetto che desideravo.

Il vapore si era sollevato fino al bancone, e si vedeva il proprietario del locale che versava l'acqua bollente sui filtri. Dall'altra parte, le luci colorate del quartiere si riflettevano, sfumate, sul vetro della finestra. Pian piano ci incamminammo. Cominciavamo a stare bene insieme.

Parlai immediatamente con mia madre, pensando che fosse tempo perso, e invece lei rispose: "Se mi prometti che andate e tornate in giornata, va bene".

Avevo ottenuto il permesso così facilmente che rimasi inebetita.

"Partenza e ritorno qui davanti a casa, mi raccomando. Devi prometterlo. E devi assolutamente comprarmi il latte e il formaggio dei pascoli di Senbonmatsu."

"Sicura?"

"Ci andresti comunque, anche se te lo vietassi, no? Magari dicendomi una bugia. Sarebbe una seccatura fingere di non essermene accorta. Se ci fosse papà probabilmente ti direbbe di no. Quindi non fare troppo tardi, mi raccomando... Non vedi l'ora, immagino. Sembra persino a me di provare questa sensazione dolceamara."

La mamma rise un pochino.

Se c'era una cosa che mal sopportavo, di mia madre, era il fatto che rinunciasse così facilmente, e poi anche la sua razionalità. Sicuramente dipendeva dall'abitudine di non pensare alle cose importanti, anche se con un po' di senso di colpa. Sapevo di non poterci far niente, che era un essere umano, eppure in quei momenti provavo tristezza.

Le dissi: "Però sai, mi domando se il fatto che noi due ci

intendiamo così bene riguardo all'amore sia positivo. Il mondo, da un po' di tempo, è pieno di persone pericolose, nelle relazioni tra uomo e donna c'è chi uccide dopo essersi fatto prestare dei soldi, chi viene lasciato e si mette a fare lo stalker, chi arriva a travolgere una ragazza con l'auto, eppure...".

Ritornando quella che mi piaceva tanto, mia madre mi ammonì:

"Ricordati sempre quello che ti dico. Tu sei normale. Sei più normale del mondo normale. Molto di più".

"Quindi è davvero così?"

Fece un cenno di assenso. Poi aggiunse: "Le persone sono fatte per accettare la morte e i contrasti con gli altri, ma non l'omicidio o la guerra. Perlomeno è quello che crediamo in molti, e forse è grazie a questo che siamo arrivati fin qui. Certo, osserviamo tutti il mondo da dentro una scatola, e se fossimo dentro a un'altra la penseremmo diversamente. Ma visto che è in questa che siamo, possiamo solo continuare a vivere considerandola la migliore in assoluto, pur dubitandone di tanto in tanto".

"Capisco perfettamente quello che dici. Quando parlo con te vengono sempre fuori parole del genere, una dopo l'altra, senza interruzione."

Provavo ammirazione per lei. Si mise a ridere.

"È perché al lavoro sono circondata da libri che parlano solo di queste cose."

"E se Kyū fosse davvero una cattiva persona, se mi rapisse e mi uccidesse, tu che faresti?"

La mamma rispose all'istante.

"Lo ammazzerei."

Mi misi a ridere di gusto. Trovavo buffa la differenza con il suo atteggiamento di un momento prima. Aveva parlato in modo talmente razionale, e adesso...!

Senza esitazione, aggiunse: "In fondo Kyū lo osservo anch'io, e se mi sbagliassi sul suo conto ne sarei ugualmente responsabile. Ma se dovesse capitarti qualcosa, lo inseguirei fino in capo al mondo e lo ucciderei. A costo di rovinarmi la vita. Un genitore possiede questo tipo di forza".

La disinvoltura con cui aveva parlato mi tranquillizzò. Mi sentii esattamente come quando era venuta alla mostra. Potevo aver fiducia nella mia capacità di giudizio, e se qualcosa fosse andato storto ci sarebbe stata una forza pronta a sostenermi fino alla fine, anche se ne avessi avuto abbastanza e se mi fossi trovata sul punto di rinunciare.

Quella mattina, appena prima di mezzogiorno, Kyū venne a prendermi con la macchina.

Mia madre non era affatto sorridente, ma mi fece portare degli *onigiri* perché li mangiassimo a pranzo.

Contrariamente alle mie previsioni, Kyū non sembrava per niente assonnato. Quando gli domandai perché, mi rispose: "Ogni giorno faccio in modo di stare sveglio tutta la mattinata".

La gente è strana, pensai. Ma mi sembrò più plausibile quando aggiunse: "Se non conducessi una vita regolare, chissà che fine farei".

Dovevo ancora crescere un bel po', sia nell'anima che nel corpo. La mia esistenza si fondava sulle risorse economiche e sullo stile di vita dei miei genitori, per cui, se da un lato non ero indipendente, dall'altro potevo permettermi di non confrontarmi con me stessa fino in fondo. Ma sapevo che da allora in avanti, crescendo, avrei trovato un peso che avrei dovuto sostenere da sola. Come mio padre, che quando pensa cose particolarmente profonde sembra non ragionare più, o mia madre, rimasta senza nulla a cui aggrapparsi, se si escludono i libri di argomenti spirituali.

Subito dopo aver imboccato l'autostrada, il verde intorno iniziò improvvisamente ad aumentare, e su qualche chioma resisteva il colore delle foglie dorate d'autunno.

"Che ne dici, pranziamo in un'area di servizio?"

"Vanno bene gli *onigiri* della mamma?"

"Che bello!"

Sollevata, gli dissi: "Ieri sera sono andata ai grandi magazzini e ho comprato diversi tipi di dolci".

"Per mia madre?"
"Sì, e anche da mangiare in macchina."
"Non dovevi disturbarti tanto, però!"
"Ma no, più che altro volevo fare buona impressione! Mangiamo, sono buoni."
"Grazie..."
"Scusa, in fondo io non pago né il carburante né il pedaggio autostradale, quindi almeno questo..."
"A quante cose pensi, eh? Non l'avrei mai detto."
"Eh, sì. Mio padre è un commerciante. Sono una persona pragmatica, io."
Mi misi a ridere.
"Per mandare avanti una famiglia con tutte quelle anticaglie di poco prezzo si è dovuto ingegnare in mille modi differenti."
"Be', sì, eh..."
La guida di Kyū era perfetta, delicata, gli si addiceva. Era diversa da quella energica e selvatica di mio padre. Per esempio, non faceva cose come mettere il braccio fuori dal finestrino quando cambiava corsia di marcia.
"Più si parla di soldi, più l'aspetto astratto sembra prendere il sopravvento, non credi?"
"Davvero?"
Mentre osservavamo il paesaggio, parlavamo di cose non così impegnative da poter disturbare la guida, e quest'atmosfera era ancora più importante del contenuto dei nostri discorsi. Il cielo era leggermente nuvoloso, ma qua e là faceva capolino un bell'azzurro e le montagne di fronte a noi erano dipinte del giallo delle foglie secche. Quelle forme triangolari si susseguivano senza interruzioni, lontane e vicine.
"Io non capisco bene, visto che ancora non mi guadagno del denaro, lavorando."
"Per me è lo stesso, solo che mi sono trovato in una situazione che non mi permette di dire che non capisco."
"Ieri ho letto un libro della libreria di mia madre. Un libro di John Lennon. Dopo averlo finito mi sono intristita molto, proprio per un discorso di soldi."

"Ah, certo. È quel libro famoso tradotto da Kataoka Yoshio, no? Quello si trova sempre nella libreria di tua madre, eh? L'ho letto anch'io. Proprio quando pensava di star facendo un lavoro che non gli piaceva con persone che non gli piacevano, una serie di elementi si è messa in moto e lui si è ritrovato con un lavoro straordinario che gli ha fatto vendere molto più di quanto prevedesse. Eppure io ho avuto l'impressione che in quel momento stesse soffrendo."

"Sì, lo penso anch'io. Lennon riusciva a essere se stesso soprattutto quando era da solo con Yōko. Forse sarebbe stato sempre così se non gli fosse capitato niente, perché era quel genere di persona per natura e l'ambiente in cui è cresciuto semplicemente lo aveva fatto esplodere. Starsene sempre con la stessa gente, sempre con gli stessi componenti, mentre entravano in gioco grosse somme di denaro, mi è parsa una cosa davvero angosciante. Alla mostra tu salutavi molte persone, ringraziavi chi acquistava le tue opere, che facevi uscire senza sapere dove sarebbero andate a finire, e vedendo tutto questo mi dicevo che non doveva essere per niente facile. Quel libro mi ha dato più o meno le stesse sensazioni."

"C'è una bella differenza tra me e i Beatles!"

Kyū rideva. L'auto percorreva una strada che sembrava un fiume ricoperto di foglie morte. Vetture di mille colori scorrevano, si inseguivano, si incrociavano.

"Per la copertina di un disco hanno usato gli occhiali rotti che Lennon indossava quando è stato ucciso, ricordi? Allora qualcuno disse che era troppo crudele, ma Yōko scrisse che lei aveva visto qualcosa di molto più violento. Come si poteva dire una cosa del genere, dopo aver avuto davanti agli occhi sangue e pezzi di cervello? Io l'ho capito alla perfezione. Qualsiasi meraviglia possano produrre, gli esseri umani restano fatti quasi totalmente d'acqua. Di una materia densa. È così e basta. Arriva sempre qualcosa di stagnante... si espelle l'acqua sporca, si muore, si vive... fa tutto parte della realtà, mi sembra. Quando si tratta di persone vicine a noi lo comprendiamo perfettamente, ma nel caso dei personaggi famosi tendiamo a dimenticarcene. Io mi sto sforzando di non vederti sotto quella luce."

Kyū rise ancora. "Non ti preoccupare, ti dico che c'è differenza, sotto molti punti di vista."

"Ma non puoi saperlo. Magari affinerai il tuo stile attuale e diventerai un artista di fama mondiale. Potresti dover affrontare le stesse difficoltà di Lennon. A quel punto io, in qualità di tua ragazza storica, potrei pretendere sempre di più."

Avevo parlato molto seriamente. Ero convinta che non si trattasse di una cosa del tutto impossibile, se Kyū fosse andato fino in fondo con la sua tecnica. In tal caso, a qualsiasi distanza da lui mi fossi trovata, avrei voluto mantenere un atteggiamento positivo. Se invece, al contrario, lui fosse diventato una persona spregevole, se le sue opere si fossero rivelate un fallimento e io avessi preso a odiarlo, non avrei mai voluto che il ricordo di ciò che avevo provato per lui venisse contaminato dal resto.

"Ma io non penso di essere soggetto a simili alti e bassi. Il mio è un lavoro modesto, per nulla eclatante, non può minimamente competere con quello della rockstar! John Lennon, poi, era davvero straordinario. È riuscito a comporre ottima musica anche nei momenti peggiori, ed è morto quando era ancora così giovane..."

"Ma forse proprio perché quei momenti erano così difficili gli dèi hanno fatto sì che avesse accanto fino alla morte una donna meravigliosa e perfetta per lui, e gli hanno donato fama e ricchezza. In seguito ci sono state anche difficoltà, ma ha potuto agire in piena libertà. Quella dev'essere stata per forza la sua ricompensa!"

"Ah, come sarebbe bello se in tante occasioni potessi pensarla come te..." disse Kyū con aria seria.

Vicino alle panchine della stazione di servizio tutti fumavano come ciminiere. Ci mettemmo un po' più in là, aprimmo i finestrini e mangiammo gli *onigiri*. L'aria era buona e il vento freddo e pungente. Gli *onigiri* erano gli stessi di sempre, ma mangiati fuori casa sembravano davvero deliziosi e saporiti. Nel ripieno c'erano würstel o formaggio, e li mangiavamo insieme a qualche stuzzichino. Kyū ne mangiava con piacere e a volontà.

Vedendo i pezzetti d'alga attaccati alle sue unghie piccole e squadrate, mi batté forte il cuore.

E intanto soffiava il vento.

Dissi: "L'aria è bella, ha sapore. Ha un buon sapore".

Kyū mi rispose: "Dici così solo perché non sei tu a guidare!", ma nel dirlo annusava facendo fremere il naso come un coniglio e poi assunse un'espressione stupenda.

Era l'espressione di un gatto che annusa un oggetto profumato.

Rispetto ai primi tempi, avevo conosciuto diversi aspetti negativi di lui, ma in istanti come quello ci succedeva di percepire il mondo esattamente alla stessa maniera. Era come se il vento arrivasse dall'alto e in un baleno ci ponesse qualcosa davanti... La libertà scendeva su di noi.

La stessa sensazione di quando mi accorsi di provare dell'affetto per lui.

Quando ci fummo saziati di *onigiri*, bevemmo un caffè in piedi.

Il caffè era leggero, infinitamente vicino al gusto dell'acqua calda, e io mi sentivo quasi al colmo della felicità. L'aria fredda, le montagne rosse e gialle che brillavano in lontananza, il cielo limpido e azzurro. Nelle mani il tepore del bicchiere, come un uccellino. La superficie tremolante col suo colore intenso, ruvida... Di ogni cosa distinguevo la sola sensazione tattile, un po' come quando, da bambina, giocavo in mezzo al fango.

All'improvviso, Kyū corrugò leggermente le sopracciglia e disse: "Normalmente i momenti di difficoltà e malinconia sono di gran lunga più numerosi, eppure io, adesso, mi sento quasi al colmo della felicità".

Anch'io l'avevo pensato! L'avevo pensato, davvero, e avrei voluto dirglielo, ma non lo feci. Non riuscii a pronunciare quelle parole, e le mandai giù insieme con il gusto leggero del caffè.

Se qualcuno ci avesse osservato da un punto altissimo, come il cielo, avrebbe visto solo due esseri umani felici, insignificanti, piccoli, uno accanto all'altro, ma della nostra età, di quello che avevamo fatto fino a quel momento, dei vezzi che davano colore alle nostre giornate, di tutto questo non avrebbe percepito assolutamente nulla; così, per un attimo, pensai di essere sul punto di sollevarmi da terra. Chiusi gli occhi per vedere fino in fondo lo scintillio lieve che mi percorreva la punta delle ciglia.

La casa della mamma di Kyū era situata in un punto un po' più interno rispetto alla strada turistica principale di Nasushiobara. Oltre, c'erano le terme pubbliche e il Sesshōseki.

Riconobbi con nostalgia i paesaggi che avevo visto insieme alla mia famiglia. Mi tornarono in mente tante cose, come quando eravamo usciti la mattina presto per venire alle terme, rientrando poi prima di sera. L'acqua era bollente, e visto che oltre a noi non c'era nessuno io gridavo tenendomi stretta al corpo nudo di mia madre, che era molto più giovane. Uscite dalla vasca ci eravamo messe ad aspettare in riva al fiume, quando dal corridoio di passaggio avevamo visto arrivare mio padre con i capelli bagnati – e con molti più capelli.

Il tempo passa... Lo si percepisce con estrema precisione quando si torna dopo tanto in un luogo rimasto uguale a com'era.

Pensai che le coppie, quando hanno un bambino piccolo, hanno un'ottima scusa per andarsene in giro felicemente. Non che avessi davvero voglia di dormire in mezzo a mamma e papà, ma sentivo che sarebbe bastato per farmi ritornare immediatamente nella posizione che occupavo da bambina.

Che nostalgia... Malgrado avessi solo quattordici anni provavo nostalgia, ed era una sensazione malinconica.

Superato un piccolo ingorgo, giungemmo a quella casa col suo bel giardino avviluppato in un verde fittissimo. Con precisione estrema, Kyū parcheggiò la macchina proprio davanti all'entrata.

Dopo un po' che scaricavamo le cose che avevamo portato, sua madre uscì.

La mia impressione fu che si trattasse di una persona fuori dal comune.

Era distratta, ma gli occhi le brillavano. Di viso somigliava a Ann Lewis.

E a Hotsumi.

Quando me ne resi conto, sentii una lieve fitta al cuore. Da quel punto di vista, non avrei potuto batterla.

Nei suoi vestiti c'era tanta stoffa di un rosa insolito e molto bello. La madre di Kyū era sfolgorante, sembrava una peonia in boccio.

Ridendo, disse: "Ah! Ti sei trovato una ragazza proprio giovane e carina, eh!?".

Il suo sorriso lasciava intravedere le gengive. Persino il fruscio dei capelli era affascinante.

"Piacere di conoscerla," dissi. Poi entrammo.

La casa era piena zeppa di sculture di spiriti in legno, così tante che occupavano ogni spazio, e io non sapevo da che parte guardare.

Quegli esserini scolpiti dalla madre di Kyū erano posizionati ovunque, a confondere, come se volessero fuoriuscire dalla casa. Vivevano. Perlomeno così mi sembrava.

In effetti erano simili a gnomi, proprio identici alle creature che quel giorno Kyū e io avevamo visto allontanarsi di corsa.

Gli dissi: "Secondo me tua madre li vede davvero, questi bambini!".

Mi rispose lei stessa, rapidamente, come se nulla fosse, mentre versava il tè.

"Ma certo. È una fatica fermarli su carta e poi scolpirli, perché scappano subito via! Tra l'altro li vedo solo di tanto in tanto, quindi mi tocca rimuginare all'infinito su quello che ho visto, comporre l'immagine, far lavorare la fantasia, e non posso fermarmi mai, perché di getto non so lavorare. Forse se avessi fatto la pittrice mi sarebbe andata un po' meglio, chissà."

Ce n'erano di grandi e piccole. Occhi di tante forme diverse, alcune erano uguali a dei *kappa*, altre a gnomi, altre ancora simili agli spiriti degli alberi, o a fiori. Certe avevano le ali. Tutte quelle statue di esseri animati diversi mi confondevano, davano l'impressione di essersi fermate di proposito, solo in quell'istante, loro che normalmente erano vive e in movimento. Sul tavolo, sugli scaffali, accanto a mucchi di libri... erano così tante, ormai, che non c'era più posto, e sembrava che tornassero a posarsi lì ogni mattina, quando si fermavano dopo nottate in cui si erano spostate in gruppo e avevano fatto tutto quello che volevano. Se ne stavano, vivaci, nel posto loro assegnato. Quella casa stessa sembrava un museo, o il folto di un bosco.

Mentre mi circondavano, ripensai a tutte le notti che avevo trascorso in solitudine.

Le innumerevoli notti passate a piangere perché non ne potevo più di me stessa... Gli anni in cui ancora soffrivo perché non riuscivo a capire i bambini della mia età, i giorni dell'infanzia, quando ero convinta che non avrei mai condiviso niente con nessuno, quando mi attraversava il pensiero che forse quella gerbera sistemata in salotto, per esempio, era lì per consolarmi con la sua bellezza.

In tutta serietà, pensai che in quell'occasione l'ombra di quelle creaturine avesse assunto le sembianze di un fiore per starmi vicino.

E ancora, esseri dello stesso genere si erano mostrati quella volta a me e Kyū, perché potessimo incontrarci... Sia per me che per lui, che nel mondo della realtà eravamo ormai giunti a un punto di impasse.

Stavo per mettermi a piangere, mentre pensavo a queste cose.

Era un'emozione profonda. Non c'eravamo solo noi sulla Terra! C'erano tante altre cose invisibili allo sguardo... Se anche si fosse trattato di una semplice illusione, io e Kyū condividevamo la medesima condizione mentale, e vedevamo quelle creature che, almeno per sua madre, esistevano; ci eravamo incontrati prima, ma era stato solo allora che eravamo potuti entrare in contatto l'uno con l'altra, e che per me era cominciato qualcosa di molto simile al primo amore.

Tutto questo ingranaggio mi era arrivato come un dono dal passato.

"Faccio un riposino, mi sono stancato a guidare."

Così dicendo, Kyū si stese sul divano. Chiuse gli occhi e si addormentò subito. Raggomitolato e con la coperta tirata fino al mento, sembrava un bambino. Guardando le foto della mostra sua madre si era complimentata molto sinceramente, e quindi lui, sollevato, doveva essersi rilassato del tutto. Un atteggiamento tipicamente maschile: teneva molto al giudizio di sua madre, che era più esperta di lui anche nel lavoro.

Non l'avevo mai visto mettersi così a proprio agio, e nello stesso istante mi resi conto che per lui, quella, era la casa di sua madre.

Per chiunque altro sarebbe stato difficile considerarla l'abitazione di qualcuno, tanto forte era la capacità delle sculture di calamitare l'attenzione. La cosa più simile, tra tutte quelle che avevo visto fino ad allora, era il giardino della casa-museo di Okamoto Tarō. C'erano spiriti posizionati sotto gli alberi, accanto alle rocce e sui lampioni. Ma non stavano semplicemente fermi: erano fusi nell'ambiente con le piante che ci si arrampicavano e davano l'impressione di guardare nella direzione di chi li osservava, se ne avevano voglia, o di andarsene a passeggio qua e là. Quello spazio non era altro se non la persona che l'aveva abitato, la sua creazione, la sua visione del mondo.

Sorridendo, la madre di Kyū disse: "Questo ragazzo dorme sempre lì. Anche se si ferma per la notte. Non essendo cresciuto in questa casa, evidentemente è l'unico posto che senta suo. Da molto tempo, ormai, qui abito solo io".

Capivo perfettamente cosa volesse dire.

"Posso guardare un altro po' tutte queste statue? A mano a mano che le guardo vado sempre a finire in un posto diverso, e non vorrei disturbare..."

"Prego, fai pure. In casa puoi guardare dappertutto. È in disordine, però. A volte le porto fuori in blocco per esporle in qualche mostra e rimetto tutto a posto, quando ritornano le dispongo di nuovo a casaccio. Un giorno o l'altro mi seppelliranno."

Anche se erano di legno, non erano assolutamente scolpite in maniera grossolana. Al contrario, erano perlopiù lisce, levigate. In ognuna, soltanto gli occhi davano l'impressione realistica di essere abitati da un'anima. Forse, se io fossi stata uno spirito privo di forma, trovandomi a girovagare in quella casa e vedendo quegli oggetti mi sarei detta: "E se abitassi qui...?". Nelle statue si avvertiva una sorta di personalità, tanto da farmi pensare che ormai fossero tutte viventi.

Le osservai con attenzione, una dopo l'altra. All'ombra dei pilastri, sotto i tavoli, accanto alle tende... persino quelle sulle mensole del bagno.

"Non prendertela quella, eh! È la divinità protettrice del bagno."

La mamma di Kyū ogni tanto veniva a vedere cosa facevo, mi dava spiegazioni e rideva.

"Questa casa era una vecchia abitazione di campagna, è stato rifatto solamente il soffitto. Si tratta di un edificio molto antico, quindi. Ma certo, dimenticavo! Nella stanza da bagno l'acqua calda arriva direttamente dalle terme, più tardi ti consiglio di provare. È una sorgente di acque sulfuree, fa venire la pelle bella liscia. Ah, e mi raccomando, non portarti via neanche la divinità protettrice della vasca da bagno, eh! Per via dello zolfo è diventata gialla ed è marcita per metà, quindi adesso ha un aspetto pauroso. Però, sai, le ho messe dappertutto, non potevo non metterne una anche lì."

"Quanto tempo impiega a scolpire queste statue?"

"Se non dormo, una settimana circa. Lavoro da quando avevo vent'anni, per cui ne ho anche di molto vecchie."

Si mise a ridere, poi aggiunse: "Il mio sogno è di morire, un giorno, seppellita dalle statue, proprio qui!".

"Addirittura!"

Ridevo anch'io, ma sapevo che parlava sul serio. Provai vergogna per averle dato una risposta così sbrigativa, e mi corressi: "Deve vivere fino a quando non la seppelliranno, però. Per altri cinquant'anni almeno, mi raccomando!".

Era strano fare il bagno in una casa sconosciuta, ma quando mi ero offerta di aiutare la mamma di Kyū a preparare il curry lei mi aveva risposto: "Se c'è qualcun altro nella mia cucina mi innervosisco. Non preoccuparti, ci sono abituata. Più tardi magari mi aiuti a lavare i piatti".

Poiché aveva parlato con franchezza mi dissi che doveva essere la verità, e seguendo il suo consiglio decisi di farmi un bagno.

Kyū dormiva ancora come un sasso.

Come se in quel momento, in casa di sua madre, si sgravasse di tutta la stanchezza accumulata. Il sonno spazzava via la fatica, e in un momento era libero.

E così andai a farmi il bagno. Le piastrelle erano annerite, e in effetti la divinità posta sul davanzale, sfigurata come se si fosse fusa, aveva assunto un aspetto spaventoso. Gli occhi, però, facevano tenerezza perché erano rotondi, e poi stava bene col grande ginkgo oltre la finestra. Eh, sì. Gli alberi del giardino erano ancora tinti di giallo e di rosso ed emanavano un buon profumo che sembrava arrivare direttamente dalle montagne in lontananza. Il vapore poco alla volta si mescolò con quell'aria pulita. La mia pelle era come impregnata dell'acqua giallognola. L'odore di zolfo raggiunse anche i capelli, che divennero lisci e lucenti.

Quando mi fui completamente riscaldata uscii, e trovai Kyū sveglio.

Sbucciando una mela davanti a un piccolo tagliere, mi disse: "Hai visto che bello avere le terme in casa?".

Dall'altro lato c'era sua madre di spalle, e si sentiva un buon odore di spezie. Fuori stava facendo buio, e dalla finestra affioravano le sagome dei rami e delle foglie.

Non si sentiva nessuna musica e non c'era la tv. Il minimo rumore risuonava nitido sotto al soffitto. Il coltello, la buccia della mela, ogni leggero movimento... Era da molto che non trascorrevo un pomeriggio così.

Nel breve lasso di tempo in cui Kyū fece il bagno, il curry fu cotto a puntino. Era pronta anche l'insalata di mele e cavolo cinese.

Mangiammo chiacchierando intorno al tavolo, tranquillamente, con sobrietà. Il rumore dei piatti e delle forchette, o dell'insalatiera che toccava il tavolo, il suono delle nostre voci e del cibo mentre lo masticavamo, si accordavano tutti all'ambiente come una musica.

Con i capelli bagnati, Kyū ricordava un cucciolo. Veniva davvero voglia di abbracciarlo, strofinarlo con l'asciugamano, sbaciucchiarlo, affondargli il viso nel petto. Era forse desiderio carnale? Di quelle cose ero completamente all'oscuro. Sapevo solo che nel mio caso il desiderio avrebbe rappresentato il prolungamento di quelle azioni, mentre per Kyū, probabilmente, non era più così.

A me era successo di baciare un fidanzatino. Era un ragazzo americano che avevo conosciuto quando ero andata a trovare mio padre dalla famiglia presso cui stava. Papà ci vide, però, e non mi mollò più un attimo. Io, dal canto mio, ebbi il voltastomaco quando sentii il suo alito, dopo il bacio, e per fortuna ritornai in Giappone prima che succedesse qualcos'altro.

In ogni caso, credevo che non fosse ancora il momento di pensare a certe cose.

"Tu hai fratelli, Yūko?"

"Sono figlia unica. Mio padre adesso si trova in America, quindi siamo solo mia madre e io."

"Lavora lì?"

"Gestisce un negozio di antiquariato e oggettistica varia, quindi viaggia per comprare, e torna solo di rado."

"Davvero? Anche quella è antica? Viene da lì?"

La madre di Kyū indicò con il dito la mia gonna a fiori.

"Sì. Me l'ha regalata l'anno scorso per il mio compleanno."

"È proprio bella. Poi fatti fare una fotografia."

"Anche vicino a casa mia ci sono degli alberi, però fuori dalla finestra si vedono solo le loro ombre. Perché invece qui si vede in modo così chiaro e nitido?"

Con un sorriso, lei rispose dolcemente: "L'aria è buona, per questo si vede tutto in modo chiaro".

Mi emozionai un pochino, perché mi sentivo benvoluta da entrambi. In quel momento ebbi come l'impressione che stessero pensando che parlavo la loro stessa lingua.

Kyū disse: "A proposito, c'è una cosa che ti ho sempre voluto chiedere".

Eravamo usciti tutti insieme per andare a comprare latte e burro prima che i negozi dei pascoli chiudessero, e guardavamo i prosciutti crudi davanti alle borse frigo. Forse era riuscito a tirar fuori il discorso proprio perché eravamo in una situazione come quella, che gli aveva riportato alla mente ricordi dell'infanzia.

Eravamo nel territorio di sua madre, che per Kyū era il mondo della nostalgia.

Fingendo noncuranza, con fare distratto, cominciò a chiedere. Ebbi la netta sensazione che lo scopo dell'intero viaggio fosse proprio quello.

Il tono stesso con cui le si era rivolto rivelava la sua determinazione.

“Quella volta che te ne sei andata di casa, ricordi? Perché hai lasciato passare tanto tempo, prima di tornare?”

Non appena finì la frase, dal suo atteggiamento iniziò a trasparire all’improvviso un certo nervosismo. Lo percepii anch’io, e istintivamente ritrassi la mano dalla lingua che stavo per prendere.

Sua madre rispose: “Eh? È così che è andata?”.

Kyū riprese: “Io ero piccolo e non capivo, ma forse eri andata da qualche altro uomo? Era una situazione del genere? Nonostante avessi saputo che non ci vedevo più non sei ritornata subito, perché? Qualche tempo fa, parlandone con Yūko, mi sono reso conto che questa cosa non l’ho ancora superata. Il fatto stesso che non fossi mai riuscito a parlartene significa che per me era un problema. Per questo stavolta sono venuto deciso a chiedertelo, ma finora me n’ero dimenticato. Poi siamo arrivati qui, mi è tornato in mente all’improvviso e adesso te l’ho chiesto”.

Mentre parlava, aveva assunto di nuovo l’espressione di un bambino lievemente ferito.

Sua madre, stupita, gli domandò: “Non ti hanno detto niente?”.

Penso che non dimenticherò mai le innumerevoli espressioni assunte da quella madre e da suo figlio sotto la luce intensa delle lampade al neon. Sullo sfondo, montagne di latte, burro, pane, formaggio... In una zona di villeggiatura, in mezzo a un mercato attraversato dalle voci dei venditori che si sovrapponevano le une alle altre.

“Subito dopo essermene andata, ho raggiunto la nonna a Okinawa. Qualche tempo dopo, mi sono uscite delle strane macchie rosse e ho avuto la febbre molto alta. In ospedale mi hanno detto che si trattava di morbillo, così ho dovuto ricoverarmi e non sono più potuta uscire. E pensare che ho chiamato immediatamente papà per dirglielo! Ormai non c’è più e non posso nemmeno arrabbiarmi con lui, comunque ero in pensiero per te e volevo tornare indietro a ogni costo, ma non potevo, infatti gli ho lasciato un sacco di messaggi da riferirti!

A quanto pare tuo padre era più insicuro di quanto immaginassi, e credeva che non sarei più tornata. Deve avertelo taciuto di proposito, per non farti gioire prima del tempo...”

La parte finale del discorso fu quasi tutta un brontolio.

Poi successe una cosa bella. La madre di Kyū lo strinse fortissimo a sé. Fortissimo, posando il cestino della spesa sul pavimento.

“Scusami, se non lo sapevi dev’essere stato difficile per te. Eri solo un bambino, ti sarà sembrato un tempo interminabile.”

Stava piangendo.

Kyū rimase freddo, ma il suo sguardo tradiva dolcezza.

Sua madre disse: “Non capisci quanto sia brutto per una mamma lasciare il proprio bambino e allontanarsi da casa? Non lo dimenticherò mai, fu come se qualcuno mi stesse strappando via le braccia”.

Poi, rivolta a me, aggiunse: “Non è che, solo perché dico di amare molto mio figlio, o perché essendo di sangue misto tendo a esagerare, io sia una mamma strana. Non sono nemmeno una cattiva suocera”.

“Capisco perfettamente la differenza. Soltanto ascoltandola, è venuto da piangere anche a me.”

Le luci e il giallo apparivano sfumati. Lo spazio nel quale un Kyū ancora bambino era stato abbandonato era svanito in un attimo. Percepii l’istante in cui qualcosa dentro di lui tornava a posto, e vennero fuori le lacrime. Poi pensai che quindi sua madre era davvero di sangue misto, per questo ricordava Ann Lewis... Dentro di me facevo in modo di non piangere più di così, di essere razionale. Circondata da prosciutto e latte, osservavo una madre e un figlio felici. Se non avessi visto quella scena me ne sarei pentita, e quindi, messi da parte i miei sentimenti, continuai a guardare la luce morbida che li avvolgeva.

Forse è questo che tutti gli esseri umani desiderano, qualcosa di estremamente complicato.

Avrei voluto lasciarlo lì e ritornarmene a casa da sola.

Non volevo essere d'intralcio in quel momento memorabile, che potevano vivere finalmente in maniera normale, dopo essersi liberati dal piccolo risentimento che per tutto quel tempo era rimasto tra loro.

Ma purtroppo avevo quattordici anni. Se anche avessi detto che volevo tornare da sola in treno Kyū non me lo avrebbe permesso, e poi mia madre se la sarebbe presa con lui.

Nulla da fare, questo vuol dire avere quattordici anni.

Mi sentivo in colpa, e intanto riflettevo su quella realtà.

Anagraficamente non ero ancora libera, diversamente dalla persona che lui amava di più, Hotsumi, così simile a sua madre.

Pensandoci, provai una lieve e dolorosa gelosia, ma non aveva importanza. Ormai niente aveva più importanza, perché ne ero innamorata. Ci sarà da preoccuparsi, se ci piacciono così tante cose di una persona sola? Cosa avrei fatto, se non fossi più potuta tornare indietro? Ero preoccupata. Anche se mi fossi messa alla ricerca di qualcosa che non mi piaceva, alla fine avrei trovato un motivo valido per dimenticarmene, e avrei subito ricominciato a volergli bene.

Ritornammo di nuovo a casa della madre di Kyū, bevemmo un caffè forte e ci accingemmo a rientrare.

Il caffè era buono, e lei lo preparò con gentilezza, semplicemente, come facendo attenzione a ogni singolo chicco.

Lo bevemmo senza dire una parola. Il tempo, a mano a mano che si avvicinava il momento di salutarsi, si faceva lento e pesante. Era una pesantezza non troppo dolorosa, pura come una garza imbevuta d'acqua. Non mi stancavo di osservare il loro modo di essere.

Somigliava un po' ai giorni precedenti le partenze di mio padre per gli Stati Uniti, però noi ci sforzavamo di più di sembrare felici. Ma quando si apriva una porta e spuntavano le valigie, sentivamo che a casa non sarebbe successo più nulla di buono. Perché nella vita degli esseri umani devono ripetersi tante piccole separazioni come quelle?

Finalmente, indicai alla madre di Kyū la statua che desideravo.

Era un piccolo *kappa* giallo, uno di quelli a cui doveva tenere di più, che stava su uno scaffale pieno zeppo di vecchi libri.

Quella statua mi guardava con aria vagamente astiosa. Intuii che il modello doveva essere stato Kyū da bambino.

Io me lo immaginavo proprio identico.

Quando la presi in mano e gliela feci vedere, lei si mise a ridere di gusto e indicando suo figlio disse: "Quello è un *kappa*-sostituto che ho scolpito quando questo ragazzo era piccolo, perché lo proteggesse! C'era da aspettarselo!".

Nonostante parlasse sempre con molta calma, in quell'occasione Kyū, forse perché imbarazzato, suonò piuttosto brusco: "Cos'è un *kappa*-sostituto?".

"Se da piccolo fossi stato lì lì per restare coinvolto in un incidente, per esempio mentre andavi a scuola, lui ti avrebbe protetto rompendosi. Non ridere, l'ho scolpito pregando con tutta me stessa. Sono sicurissima che ha funzionato."

Era seria in volto. Accarezzò dolcemente il *kappa*.

"Mentre lo facevo ho pregato che un'anima venisse ad abitarlo, e che prendesse il posto di mio figlio se gli fosse capitato qualcosa mentre era lontano da me."

Feci no con la testa.

"Non posso prendere una cosa così importante."

Sorrise.

"Prendilo. Ormai questo ragazzo è un uomo fatto. E poi ho la sensazione che sarà più vicino a lui se sta a casa tua, piuttosto che qui da me. Ancora oggi, quando mi tornano in mente le intenzioni serie con cui l'ho scolpito mi viene da sorridere. Sai, come madre ho fallito sotto molti punti di vista... Ho dimenticato di dargli il latte perché ero presa dalla scultura, o mi sono messa a pensare qualcosa e intanto lui è caduto per le scale. Mi sono presa spaventi su spaventi, e intanto riflettevo sulle mie mancanze e pregavo gli dèi che non gli capitasse niente. Volevo solo che conducesse la sua vita nel migliore dei modi, non mi importava come. Anche se sua madre era imperfetta."

Io l'ascoltavo pensando che questo suo essere imperfetta mi ricordava molto mia madre, e che quindi doveva trattarsi di una caratteristica delle persone della loro generazione. Lei proseguì il suo discorso: "Se per la mia imperfezione fossi finita nei guai, pazienza, ma mi spaventava moltissimo l'idea che, una volta diventata madre, avrei potuto essere punita con la morte di mio figlio. Presa dalla paura, mi sono messa a pregare e a scolpire. A pensarci adesso, mi vergogno di me stessa per non essere riuscita a fare nient'altro, però all'epoca ho fatto il possibile, mentre stringevo il mio bambino. Quindi puoi prenderlo, se lo tratterai bene. Magari, se questo qui dovesse avere una scappatella, il *kappa* si spaccherebbe in due!".

"Ma..."

La madre di Kyū, soddisfatta di ciò che aveva detto, si mise a ridere di gusto, ma io stavo ancora riflettendo, e non ero sicura. Allora lui disse: "Prendilo, voglio vederlo anch'io di tanto in tanto. Se rimane qui, questa graziosa statua ispirata a me finirà sepolta da altri strani personaggi".

Sua madre, sempre ridendo, disse: "Approvi anche tu, eh? È diverso dagli altri sia nelle intenzioni che nel risultato".

Ma quei due non pensavano nemmeno all'eventualità che il *kappa*, restando per sempre nelle mie mani anche qualora io e Kyū ci fossimo lasciati e non avessimo mai più parlato l'uno con l'altra, avrebbe potuto rappresentare per me un brutto ricordo, e che magari l'avrei buttato via? Commossa, mi dicevo che erano proprio delle brave persone. E soprattutto ero felice che, in quel momento e in quel luogo, mi coccolassero così tanto perché ero più piccola.

"Va bene, prendo questo allora. E ne avrò molta cura."

"Sono davvero felice che tu abbia scelto proprio quello. Te lo incarto."

"Non c'è bisogno. Lo tengo in braccio."

"Devo incartarlo. Scusa, è un regalo, no!? Puoi aprirlo anche subito, però voglio incartarlo. Vado a prendere il nastro e la carta. Ne ho un sacco."

Così dicendo, si alzò in piedi.

Io e Kyū, seduti sul pavimento tiepido, eravamo molto rilassati, e tenevamo tra le mani il nostro buon caffè con latte.

Di fronte a me, il *kappa* di Kyū mi guardava di sottecchi.

Aveva un faccino davvero grazioso, e nella sua espressione si percepiva la preghiera della madre di Kyū affinché nessun destino avverso colpisse il figlio.

Il *kappa* dava l'idea di essere vivo, e di voler continuare quel lavoro con tutto l'impegno anche adesso che Kyū era diventato grande.

"Ma sarà il caso di portare la statua a casa mia dopo che è sempre stata in mezzo alla natura?"

Ridendo, Kyū disse: "Se non lo tratti bene se ne va via di corsa".

"Dici che mi rimarrà solo l'involucro, come quando muore un insetto?"

"Non so bene come funzionino..."

"Sembriamo un po' matti. Parlare seriamente di queste cose..."

"E se quella volta fosse stata un'allucinazione? Se avessimo solo fatto lo stesso sogno?"

"No, non credo. Tua madre vive qui da sola, e secondo me le vede sempre quelle creature. E se non le vede ne avverte la presenza, proprio come se le vedesse, sono sicura. Forse gli esseri umani una volta erano tutti in grado di vederle. Scusa, a Okinawa non credevano tutti in quella cosa? Come si chiamava? Quella rossa."

"Kijimunā?"

"Esatto. Vivevano nei *gajumaru*, i cui rami, per questo, non venivano tagliati anche se si allungavano fino a ricoprire i portali, giusto?"

"In effetti il presente, così lontano da allora, non è che un breve periodo. Chissà che un giorno gli esseri umani non ricomincino a vedere cose del genere."

"E anche se non succedesse, persone come te e tua madre rappresenterebbero con l'arte la sensazione particolare, il lontano ricordo della loro presenza."

"Sì, forse noi, inconsapevolmente, lo facciamo di continuo."

Parlavamo sdraiati sul pavimento.

Come se il tempo ci avesse riportato agli anni dell'infanzia, la differenza di età si riduceva sempre più.

Non appena ci fummo messi d'accordo sul *kappa* mi venne sonno, e mentre la madre di Kyū era impegnata a incartarlo mi appisolai sul divano.

Doveva essere stata la loro presenza, insieme alle avvisaglie della sera che fuori scendeva, a rilassarmi e farmi addormentare.

In quel brevissimo lasso di tempo feci un sogno incredibile.

Avevo avuto un incidente in bicicletta ed ero morta.

Da un guardrail accanto all'incrocio, mi guardavo dall'alto mentre stavo sdraiata col viso rivolto in su. Dal fatto che non avessi alcuna ferita in faccia si capiva che era un sogno. Completamente staccata dal mio corpo, guardavo me stessa morta. Intanto, a sangue freddo, pensavo che non mi piacevano quei capelli scarmigliati e la bocca spalancata.

Intorno al mio cadavere, il papà e la mamma piangevano disperati. Il loro pianto era incontenibile, come se fosse la fine del mondo. Mio padre doveva essere arrivato di corsa dall'aeroporto, perché aveva i capelli spettinati e cerchi nerissimi intorno agli occhi. Mia madre era aggrappata a me come in preda alla follia. Tutti e due avevano l'aria di chi ha perduto la cosa più meravigliosa a questo mondo.

Papà!, pensai, e aprii gli occhi.

Mi ritrovai nella tranquillità della notte in una casa in mezzo alla foresta. Quanto agli altri due, come prima Kyū leggeva una rivista e sua madre sparecchiava. Le lacrime mi rigarono le guance.

Asciugandomi gli occhi, decisi che quella sera avrei telefonato a mio padre.

Volevo dirgli: “Stai attento, resta in vita anche oggi. E poi torna a trovarmi, perché voglio guardarti in viso. Sono ancora una bambina”.

A pensarci bene, non gli avevo mai detto niente di così sincero.

Ma avevo capito che era proprio quello che avrei dovuto fare. Se volevo mio padre, dovevo fare affidamento sulle mie forze, senza tirarmi indietro.

Kyū alzò lo sguardo dalla rivista e mi disse con voce tranquilla: “Sei saltata in piedi all’improvviso, pensavo che fosse successo qualcosa”.

Mi misi a ridere. “Ho solo fatto un sogno che mi ha sorpreso.”

Non glielo raccontai. In quell’istante ero diventata un po’ più adulta.

Fino ad allora non avevo mai sopportato che il mio lato infantile fosse messo a nudo, e ce l’avevo con mio padre che in un certo senso mi aveva abbandonato. Ma non era così, e se telefonandogli e vedendo quanto tenesse a me, nonostante mi voltasse le spalle, avessi posto le basi per il nostro rapporto futuro, sarebbe stato meglio.

Ero figlia unica, e i miei genitori mi facevano arrabbiare perché non era solo di me che si occupavano. Da bambina qual ero, volevo che pensassero per sempre a me soltanto, volevo essere per loro la cosa più importante.

Ma quando feci quel sogno... Non fu un sogno come tutti gli altri, sapevo che c’entrava il fatto che dopo tanto tempo ero stata in un’auto guidata da un uomo, e poi c’era stato il discorso del *kappa*, poco prima. Eppure, mi ero messa a pensare al rapporto con mio padre... anzi, a me stessa, alla contraddizione che avevo capito di portarmi dentro.

Avevo sempre pensato che mi bastasse che fossero in vita, anche se la nostra famiglia non era esattamente a posto, perlomeno nel senso dolce e tenero che intendevo io, ma il legame che ci univa era molto più solido di quanto credessi, e adesso stavo semplicemente passando a una nuova fase, diversa da quando, bambina, pretendevo di esserci "solo io!" al centro dei loro sogni e delle loro aspettative. Ognuno ha la sua vita... ma per loro, almeno in parte, io avrei sempre rappresentato un sogno e un'aspettativa.

Non facevo altro che soffrire in modo esagerato perché non ero sempre al centro dell'attenzione, e facevo coincidere l'assenza di mio padre con questa sensazione per me spiacevole. Cambiando leggermente la prospettiva, se fossi stata un po' più grande mi sarei resa conto che nella nostra famiglia non c'era alcun problema. Il problema, semmai, ero io, non gli impegni di mio padre.

Sarebbe stato sufficiente che accettassi tutto, da quel momento in poi, e anche se loro avessero divorziato non ne avrei risentito... ma forse non lo avrebbero fatto. In fondo al cuore ero consapevole che non erano più totalmente presi l'uno dall'altra, come quando erano una coppia giovane e piena di entusiasmo, ma sapevo anche che non c'erano problemi grandissimi tra loro. A pregare che non si dessero per vinti ero forse soltanto io, mentre loro, diversamente da quanto credevo, stavano vivendo ciascuno il proprio buon periodo. Anzi, forse loro erano con lo sguardo fisso al tempo in cui sarebbero potuti stare di più insieme.

Non era colpa di mio padre, era colpa mia: non potevo crederci. Tutta la mia sofferenza era dovuta al mio cuore di bambina.

Non so perché, ma quando vidi il *kappa*-sostituto capii all'istante che mia madre e mio padre, ovunque si trovassero e quale che fosse la loro esistenza quotidiana, provavano per me un amore sconfinato.

La preghiera dei genitori racchiusa nel *kappa* aveva superato i confini del tempo ed era giunta fino a me.

La madre di Kyū aveva confezionato la statua con della vistosa carta dorata e un fiocco rosso. Poi ci aveva accompagnato fino all'ingresso e mentre uscivamo ci aveva detto, sorridendo, di tornare a trovarla. Doveva essere ormai abituata a quella regione, nonostante spirasse un vento freddissimo aveva indosso solo un golfino. Sì, era proprio una del posto.

Un mondo in cui le stagioni si susseguono impetuose, un mondo lontano da Kyū.

Ogni famiglia si divide e cambia forma, mentre ognuno si prende il proprio mondo. Proprio come stava iniziando a succedere alla mia.

Salii in macchina con un peso nel cuore, abbracciai il pacchetto e mi rannicchiai nel sedile del passeggero. Quando Kyū mise in moto, salutai sua madre con la mano. Continuai a salutare con il finestrino aperto, esposta al vento gelido.

Avevo la mente lucida ed ero anche riuscita a dormire, per cui non avvertivo la stanchezza. Sembrava che l'aria pulita mi avesse lavato i polmoni.

"Allora, torniamo nel nostro mondo?"

"Grazie, Kyū. È stata una giornata stupenda."

"Per così poco, figurati. Facciamo così, ti invito a cena in quel ristorante francese vicino alla stazione, per ringraziarti di essere stata gentile con mia madre."

"Ma che tecniche da vecchio..."

Kyū rise. "Qual è il problema? Mi va di farlo! Ho anche guadagnato dei soldi, visto che ho venduto le mie opere!"

"Ma è troppo vicino alla libreria di mia madre. Verrà sicuramente a sbirciare."

"In quel caso mangeremo insieme a lei."

L'animo aperto di Kyū era un fattore ereditario. Iniziava a piacermi sempre di più, questo suo aspetto. Era tutt'altro che negativo.

Se avevo preso in antipatia la sua abitudine di pagare quando si usciva, era evidentemente dovuto alla mia piccola fissazione per le donne che lo circondavano.

Quando se ne capisce la provenienza, gli spettri si volatilizzano.

"La cucina francese non è male, ma c'è anche quel ristorante di curry malese vicino all'uscita nord. Mi piace molto."

"Va bene anche quello. Se andiamo lì posso offrirti anche un *parfait*, perché è super economico."

Mentre chiacchieravamo di queste cose in macchina, sembravamo un'autentica coppia di innamorati, nonostante tra noi non ci fosse nessun rapporto fisico.

Il vento attraversò il cielo alto, e il colore denso delle montagne si faceva sempre più vicino. Superato il passaggio tra i monti, ci immettemmo in quella fila di luci che era la monotonia dell'autostrada.

Sentivo un vento nuovo soffiare in circolo dentro di me, mentre tenevo sulle ginocchia il mio *kappa*. Era una brezza leggera, che mi metteva in comunicazione col mondo... Se qualcosa avesse voluto arrestare quel flusso l'avrei respinta, anche se si fosse trattato del piacere dell'innamoramento.

In macchina si diffondeva a basso volume la musica preferita di Kyū.

Dopo un po', in mezzo al frastuono dei camion che incrociavamo, disse: "Sono davvero felice di averti conosciuta. Qualcosa, dentro di me, è tornato a posto. Qualcosa di molto importante, che rischiavo seriamente di perdere. Ormai credo proprio di essere molto vicino a volerti bene. È quasi felicità, sono arrivato quasi sul punto di dire che per te farei qualsiasi cosa".

Stupita, restai zitta.

Ciò che avevamo provato in quell'istante era di nuovo identico, come se fossimo stati la stessa persona. In momenti del genere non c'è niente da dire.

"Ehi, ti sei addormentata? E io che ti dico cose così importanti."

Colsi la palla al balzo e finsi immediatamente di dormire.

Dovevo assaporare quel momento, farne tesoro. Non sarei riuscita a sostenere qualcosa di più, e dovevo tenermi strette quelle sensazioni, con gli occhi chiusi, perché non mi sfuggissero... Attaccata a quell'essere vivente (sì, ormai sia io che Kyū sapevamo che quello era un essere vivente) che tenevo sulle ginocchia.

Il *kappa*, in quel momento, era il solo a leggere nel mio cuore. Forse rideva. O magari, dopo che lo avevamo portato via da casa, era emozionato per quel viaggio in macchina verso una nuova vita. Sicuramente era contento di essere di nuovo con Kyū, come quando lui era bambino.

Anche se dormivo, Kyū non mi baciava e nemmeno mi fissava con insistenza. Dentro di me dicevo che esistono davvero persone così, persone che a quelle cose ne antepongono altre, più importanti. Mi riferivo a mio padre, a mia madre, ai miei compagni di scuola. E infine, allo spirito sulle mie ginocchia.

Se non si fa nulla di innaturale, la Natura trova il tempo adatto a tutte le cose. Kyū era cresciuto nel modo giusto, ed era diventato quel tipo di adulto. Tutte le preghiere che sua madre, guardandolo in viso da bambino, rivolgeva agli dèi erano andate a buon fine. Non sono solo belle parole: può succedere davvero.

Mentre gli dicevo così, avevo la sensazione che il pacchetto sulle mie ginocchia si stesse riscaldando. Era come se dormissi insieme a un gatto, tanto che mi venne sonno veramente. Il sonno prese a tremolare in fondo ai miei occhi, fluido come miele.

Pensai che quel sonno sarebbe stato il migliore della mia vita. Il punto più alto, il culmine dei sentimenti di Kyū era quello, poiché un giorno sarebbero cambiati ancora. Me lo aveva detto. Ero felice. In quell'istante il mio primo amore aveva cominciato a volermi bene più che a chiunque altro. Chiusi gli occhi, e ascoltai il suono del vento confondersi con la musica. Chiedevo al tempo che si fermasse, che non avanzasse ancora. Avevo paura di provare dolore al risveglio, che Kyū, stanco di guidare, non sentisse più nulla di tutto ciò, e che ad attendermi non ci fosse altro che la triste realtà...

Ma no, non sarebbe andata così.

Lo avevo capito perfettamente.

Avrei continuato per sempre a cercare piccoli miracoli come quello. Era la mia battaglia, era la mia stessa vita.

Glossario

family restaurant: il termine indica una tipologia di ristorante, generalmente facente parte di una grande catena, in cui è possibile consumare pasti non particolarmente ricercati ventiquattr'ore su ventiquattro.

futon: letto tradizionale giapponese, composto da un sottile materasso che poggia direttamente sul pavimento, generalmente tatami, e una trapunta. Al mattino viene ripiegato e riposto in un armadio, lasciando libera la stanza.

gajumaru: pianta della famiglia del gelso che predilige i climi tropicali e sub-tropicali. In Giappone cresce spontaneamente a Okinawa. È caratterizzata da foglie di forma ovale e da gemme di colore rosso o giallo.

kamakura: grotta di ghiaccio simile a un igloo. Nella zona di Yokote, prefettura di Akita, uno dei festeggiamenti per il Capodanno prevede che i bambini costruiscano *kamakura* con la neve in onore delle divinità dell'acqua.

kappa: personaggio di fantasia della tradizione giapponese. È rappresentato come una sorta di folletto verde con il volto che ricorda quello di una rana.

Kitakata rāmen: *rāmen* (pasta lunga di origine cinese preparata con farina di frumento) tipici della zona di Kitakata, prefettura di Fukushima. La loro particolarità è di risultare più elastici e corposi rispetto alle altre qualità di *rāmen* grazie all'impiego di una maggior quantità di acqua nell'impasto. Si servono in brodo di carne o pesce.

konbini: forma contratta di *convenience store*. Il termine indica una tipologia di negozio generalmente aperto tutto l'anno, ventiquattr'ore su ventiquattro, che vende generi vari.

litchi: frutto originario della Cina e di alcune regioni del Sudest asiatico, si presenta con una buccia ruvida di colore rossastro e, all'interno, una polpa bianca vischiosa, dolce e succosa, di gusto e consistenza simili all'uva.

mochi: dolce preparato bollendo del riso e poi pestandolo energicamente in un mortaio. Lo si consuma durante le festività, in particolare quella di Capodanno.

nozawana: verdura a foglia della famiglia del ravanello. Le foglie possono raggiungere i novanta centimetri di lunghezza e si consumano soprattutto sotto sale.

onigiri: alimento preparato con riso condito con vari ingredienti e stretto in un'alga. Può avere forma triangolare o sferica, e si consuma generalmente come pasto veloce.

ozōni: zuppa con *mochi* (v.) e altri ingredienti, si consuma prevalentemente nel periodo di Capodanno.

sukiyaki: fettine di carne di manzo cotte con tōfu e verdure in un brodo di salsa di soya, sakè e zucchero.